Lebensrückblick: Freuden und Leiden des Alters.

Zarte Sonnenstrahlen glitten über seine geschlossenen Augen. Anton hatte keine Kraft diese zu öffnen. Er war müde und erschöpft. Schon wieder ein neuer Morgen. Warum konnte er nicht endlich gehen? Wann endlich würde ihn sein Herrgott abrufen? Er hatte genug, genug von seinem „Ewigleben".

Ständig wiederkehrende Jahresspiralen, der Ablauf der vier Jahreszeiten, immer der gleiche Kreislauf…so oft schon erlebt und so oft durchwandert. Es sollte fertig sein. Er wollte seinen letzten Weg gehen!

Niemand, den er aus Kindheit und Jugend kannte, war mehr da, immer wieder musste er Menschen gehen sehen. Immer wieder in der ewig vertrauten Umgebung neu anfangen. Alle waren sie schon drüben, auf der anderen Seite, beim lieben Gott, in der Ewigkeit. Er drehte den Kopf zur Seite, lag dösend im Halbschlaf.

Ja, es war ein gutes, ein rundes Leben gewesen, oft einsam und doch schön. Eingelöst hatte er alle seine Gelöbnisse. Mehr ging nicht. Nun wollte er einfach loslassen.

Leise knarrend öffnete sich die kleine Dachkammertür.

„Grüß Sie, Herr Anton, will Ihnen Ihre Morgen-Brezn´ bringen", hörte er Frau Zechmeister sagen. Er konnte auch den duftenden Milchweißen riechen, den sie geschickt in einem Becher hereintrug.

Dennoch, trotz aller Altersschmerzen, wie ging es ihm gut, auf seine letzten Tage! Der Kini sorgte so fürsorglich für ihn… König Maximilian hatte die letzten Jahre veranlasst, dass er jetzt alles hatte, was er zum Lebensunterhalt brauchte. Eine gewisse Dankbarkeit stieg jetzt in ihm auf.

„Ist schon recht", murmelte er in seinem Bettlager.

Ein wenig richtete er sich auf, die Haushälterin schob ihm ein Kissen in den Rücken.

„Die Brezn kommt frisch aus dem Ofen, Herr Anton". Sie rückte auf seinem Lager alles zurecht, damit er besser mit seinen fahrigen, dünnen Fingern das Gebäck in den Kaffee tauchen konnte. Aufgeweicht ging es am besten, beißen musste er nicht. Er spürte, dass ihm die kleinen Bissen guttaten, der herrliche Duft und die Weichheit der Brezel gaben ihm die kleinen Lebensgeister zurück.

Es war wohl noch nicht so weit. Ein wenig wollte er doch noch bleiben, zumal die Menschen um ihn herum so freundlich waren. Auch er hatte sich zeit seines Lebens um Freundlichkeit bemüht. Er wollte es immer im Guten probieren, keinen Streit mit niemandem haben. Meistens war er damit richtig gefahren. Nur manchmal … er verdrängte einige ungute Situationen, die es auch in seinen vielen Tagen gegeben hatte.

Ob gute oder schlechte Zeiten, ob Freundschaft oder Feindschaft – dies alles war nun nicht mehr wichtig. Er hatte nichts zu gewinnen, nichts wirklich zu verlieren. Es zählte nur der Moment.

Dass er noch vor drei Jahren auf den Turm der Frauenkirche gestiegen war, konnte er jetzt kaum glauben. Wie ein Uhrwerk war er gewesen, stets akribisch am Laufen, stets in Bewegung. So hatte es bei ihm mit dem Leben geklappt, dem Überleben durch alle Zeiten: Er musste und wollte einfach immer weitermachen. Das Leben war schön und bot in jedem Moment so viel Wunderbares.

Diese magischen und besonderen Momente würden ihn überdauern - bis in alle Ewigkeit. Was hatte er alles Aufregendes erlebt und gesehen!

Versonnen biss er wieder in die warme Brezel, schlürfte genüsslich an seinem Milchkaffee. Diese kostbaren Momente genoss er … Doch bald schon schweiften seine Gedanken wieder in vergangene Zeiten. Er hatte so viele Jahre, Jahrzehnte leben dürfen. Besonders die letzten waren Höhepunkte, etwas ganz Besonderes in seinem Leben gewesen. Intensive Bilder tauchten jetzt wieder vor seinem inneren Auge auf:

Anton und der König

Vor fünf Jahren hatte ein feiner Herr ihn, den unscheinbaren Anton mit der weißen Kappe und der abgetragenen Jacke, in seinem Berchtesgaden angesprochen. Der elegante Herr stellte sich als Beamter des Königs heraus, der sich in der Gegend umgehört hatte. Einwohner hatten den Bediensteten des Monarchen auf das schmale Männchen aufmerksam gemacht, das sichtlich hochbetagt, aber ohne Stock, am Wegesrand stand und ihn freundlich anlächelte. Der Beamte hatte erfahren, dass der alte Mann auch jetzt noch Waren und Kinderspielzeug im Tragekorb in weit entfernte Dörfer trug. Bis nach Österreich und sogar in die Schweiz sei er gelaufen, über die Alpen hinweg. Er war sehr beeindruckt von den außergewöhnlichen Leistungen dieses unscheinbaren Mannes, seinen Berichten, und gleichzeitig war er von dessen Emsigkeit gerührt.

Eigentlich hatte der Bedienstete die Vorbereitungen für den Besuch des Königs zu treffen und alles im Vorfeld für das Ereignis zu organisieren. Die Soleleitung des Ortes sollte bald, am Dezember 1817, eröffnet werden und seine Hoheit, König Maximilian, wollte persönlich bei der Einweihung und dem anschließend Fest dabei sein. Dies erforderte großes organisatorisches und diplomatisches Geschick des Beamten, damit das besondere Ereignis würdig begangen und erfolgreich in die Geschichte von Berchtesgaden Eingang finden konnte. Die 29 km lange Soleleitung vom Salzbergwerk Berchtesgaden bis hin nach Ramsau war ein gigantisches Bauprojekt gewesen, das vielen hundert Arbeitern Unterhalt gab. Die Beschäftigten waren nicht nur aus der Region rund um Berchtesgaden herangezogen worden, sondern man hatte auch viele Bergbauspezialisten aus Italien und der Schweiz eingestellt. Nach zwei Jahren endlos schwerster Arbeit war das Bauwerk vollendet. Nun war der Tag der öffentlichen Einweihung gekommen. An diesen großen Moment wollte der König nun selber teilnehmen.

Er war im Volk sehr beliebt; galt als äußerst großzügig und menschenfreundlich. Gerne sprach seine Hoheit mit den Einheimischen und ging oft auf ihre persönlichen Lebenslagen ein. Daher dachte sich der Beamte, dass der sonderbare, ja außergewöhnlich vitale und hochbetagte

Einwohner des Ortes der Richtige war, um ihn dem König vorzustellen.

Es herrschte sprichwörtliches Kaiserwetter, als seine Hoheit an diesem kalten, aber freundlichen Tag in Berchtesgaden eintraf. Der Himmel war strahlend blau und die Wintersonne gab dem buntgeschmückten Ort einen feierlichen Glanz. Die meisten Einwohner der stolzen Alpenstadt hatten sich fein gemacht, sich in ihren schönsten Festtagsstaat geworfen. Alle Arbeiter hatten heute frei und freuten sich auf Freibier, dass von der Verwaltung der Soleleitung gespendet wurde. Die Brauereipferde hatten schon heftig schnaubend die großen Bierfässer herantransportiert und der Aufbau des Ausschankes war im vollen Gange.

Bei Ankunft der prachtvollen Kutsche fing die Menge an zu jubeln. Der König stieg zufrieden aus und genoss die gute Stimmung. Er liebte Berchtesgaden, denn dort war er auch öfters zur Jagd eingeladen. Der feierliche Tag wurde mit einem musikalischen Beitrag der Bergschützen eröffnet. In der Luft lag schon der herrliche Duft von heißer, deftiger Suppe und frisch Gebratenem.

Zunächst hielten der Bürgermeister und der Direktor ihre Reden und alle Anwesenden hofften, dass diese möglichst knackig kurz ausfallen mögen.

Sogar dem König schien es lieber zu sein, dass die Veranstaltung zügig voranging und er das offizielle Band der Eröffnung endlich zerschneiden konnte. Schließlich freute auch er sich auf den rustikalen Schweinsbraten, der ihm bald serviert werden würde.

Doch zuvor verlangte die Pflicht ihren Tribut. Frohgelaunt wollte er sich nach der feierlichen Eröffnung schon vom Platz begeben, als ihn sein Beamte noch zu den Menschen führte. Der König gab einigen Einwohnern die Hand und bekräftigte seine

Sympathie auch mit dem ein oder anderen Schulterklopfen. Besonders seine geliebten Bergschützen erhielten den Großteil seiner Aufmerksamkeit. Doch sein Beamter leitete ihn dann noch zu einem alten Mann, der gleich vornean bei den Zuschauern stand. Dieser hatte schlohweißes Haar und ein wettergegerbtes Gesicht. Der König sah ihm sofort an, dass er trotz seiner geraden Haltung und obwohl er keinen Stock bei sich hatte, uralt sein musste. Nun war der besondere Moment gekommen.

„Seine Majestät, darf ich Sie um etwas bitten?", beeilte der schmale Greis den König zu fragen. Da der begleitende Hofbedienstete dem König zunickte, ging Maximilian auf die Bitte ein.

„Was gibt es denn, mein lieber Herr?", fragte der König seinen Untertanen. Anton nahm seinen ganzen Mut zusammen, denn er spürte, dass dieser Moment eine einzigartige Möglichkeit für ihn war, seine aktuelle Not kund zu tun.

„Mein König, ich bewundere Ihre Großherzigkeit zutiefst und ich habe mein Leben auch immer redlich und gewissenhaft geführt. Doch nun, im hohen Alter von 115 Jahren kann ich, Anton, meiner Arbeit nicht mehr nachgehen. Ich möchte niemandem zur Last fallen, doch es geht einfach nicht mehr!" Anton spürte, dass er schlucken musste, ihm drohte die Stimme zu versagen. Doch die Reaktion des Königs war rücksichtsvoll, ja wohlwollend.

„Womit hast Du denn bis hierher Dein Geld verdient, lieber Mann?", wurde Anton gefragt.

„Holzwar habe ich mein Leben lang produziert und ausgeliefert, meine Majestät. Bis nach Tirol und in die Schweiz bin ich gekommen. Doch nun kann ich nach all´ den Jahrzehnten nicht mehr…" Verzweiflung stieg plötzlich in ihm auf. Anton wischte sich eine Träne aus dem Gesicht. Das war ihm jetzt peinlich.

Doch der Landesherr blieb geduldig und freundlich. Sein Herz war in diesen Tagen besonders sentimental gestimmt, denn es war ja schon kurz vor Heiligabend.

König Maximilian kam daher spontan eine Idee: „Lieber Herr Anton, Dein Leben soll sich von nun ab zum Besseren wenden. Du sollst in Deinem hohen Alter keine Not mehr leiden. Als erstes erhältst Du von mir eine Rolle Kronenthaler, damit Du siehst, dass ich es ernst mit meiner Fürsorge meine! Außerdem verfüge ich, dass Du von nun an mit wärmender Kleidung, guter Nahrung und Pflege versorgt werden sollst. Ein Untertan wie Du, der so lange brav und treu seine Pflicht erfüllt hat, soll von nun an nicht mehr arbeiten müssen!"

„Sie haben´s gehört, Herr Hofmeister, bitte kümmern Sie sich um meinen Schützling!", erteilte der König sogleich seinem Beamten die Anweisung.

Der Beamte verbeugte sich kurz und gab sogleich die Anweisungen des Königs zum Vollzug an weitere pflichteifrige Bedienstete weiter.

Anton wusste gar nicht, wie ihm geschah. Von Rührung erfasst, vergaß er sich und schüttelte heftig die Hand des Königs.

„Vergelts Gott, mein König! Jeden Abend werde ich für Sie und Ihre Regentschaft beten", flüsterte er gerührt.

Dem König fiel jetzt noch etwas Wichtiges ein:

„Ach ja, lieber Herr Anton, ehe ich's vergesse: Du sollst auch einer meiner Apostel sein! Das dürfen nur die Ehrwürdigsten und Ältesten meines Landes! Komm´ bitte nächstes Frühjahr, am Gründonnerstag, zur Fußwaschung in meine Residenz, nach München".

Anton nahm die Einladung gerührt an und der König ging mit seinem Gefolge weiter. Zurück blieb ein überwältigter Anton. Er verstand gar nicht, wie ihm plötzlich geschehen war. Das alles kam ihm wie ein seltsamer Traum vor - womöglich war dies aber eines der größten Erlebnisse seines Lebens, eher ein Wunder. Und er hatte schon viele Wunder erlebt! Was für eine wunderbare, fast märchenhafte Wandlung in seinem zuletzt doch recht mühsamen Leben!

Schicksalsschlag

November 1714, Hanauer Schmiede, Schönau.

Der neunjährige Anton rieb sich verzweifelt die kalten Hände. Sie waren bläulich angelaufen. Es war einer dieser bitterkalten Winternächte, die den Atem im Raum gefrieren ließ. Die hölzernen Fensterrahmen waren mit Tierhäuten bespannt und ließen nur wenig Licht von draußen in den Raum eindringen. Leider waren die dünnen Häute nicht besonders dicht, so dass sie im Inneren der Hütte nicht wirklich vor Kälte und Frost schützten. Die Holzscheite waren noch ein wenig am Glühen, aber bis in die hinteren Ecken des Raumes reichte deren Wärme nicht.

Die ehemals kinderreiche Familie des Holzschnitzers mit fünf Kindern war im letzten Jahr auf tragische Weise kleiner geworden. Hier, an diesem einsamen, etwas abgelegenen Ort ganz In der Nähe des Königssees, waren nur noch zwei Kinder der Familie übriggeblieben. Die Blattern mit ihren schlimmen Hautausschlägen und dem hohen Fieber, Schwindsucht und Schwäche bei ewigem Hunger hatten ihren Tribut gefordert.

Anton schaute von seinem Platz in der Nähe der glimmenden Feuerstelle direkt auf das

Lager der Mutter. Heute war es arg still um sie. Sie gab keinen Laut von sich. Mit klammen Fingern zog er die dünne Decke fort und kroch zu ihr heran. Sie lag so seltsam ruhig da. Trotz der Kälte wurde ihm sehr heiß, das Herz schlug heftig. Was war mit ihr? Er legte seinen Kopf an Ihren Brustkorb, wollte Ihre Wärme und den Herzschlag spüren. Doch da war nur Kühle und Stille, kein Leben fühlbar. Sein Aufschrei weckte den Vater, der sich müde und unwillig vom wenigen Schlaf aus dem grauen, stark verschlissenen Leinentuch wickelte.

„Was ist denn bloß los, Toni?" rief er ungehalten.

„Die Mutter…!" Anton verschlug es die Sprache. „Sie ist so still! Schau´ doch selbst mal!

Der Vater blieb mürrisch und verschlafen.

„Anton, deswegen weckst du mich…?"

„Weiß nicht"… verzweifelt krallten sich

Antons Hände in den Schemel neben dem Lager, bis sie weiß wurden. Seine aufgerissenen Augen schauten hilflos zum Vater hinüber. Blindlings stolperte dieser nun doch heran, schüttelte, rüttelte heftig an seiner Frau. Sie blieb jedoch weiterhin ohne Regung. Alle spürten, dass dies nicht normal war.

Nun war es auch um die letzte Beherrschung des Vaters geschehen. Ein Schluchzer kam tief aus seiner Kehle. Er versuchte das Schicksal nochmals herumzureißen, doch alle Wiederbelebungsversuche an der Mutter seiner Kinder waren vergeblich.

Sie konnten ihr kein Lebenszeichen mehr entlocken. Die Entbehrungen und Verluste der letzten Monate waren zu viel für sie gewesen. Nun waren sie nur noch zu dritt.

Zwei Tage später folgten dem einfachen, in wenigen Stunden hastig zusammen genageltem Sarg einige armselige Gestalten. Antons Mutter fand ihre letzte Ruhe auf dem alten Friedhof, gleich neben der schmucken, ehrwürdigen Franziskaner Kirche in Berchtesgaden.

Am Tag ihrer Beerdigung flogen dichte Schneeflocken und ließen die Szene grau, unwirklich erscheinen. Nur mit Mühe konnten die Totengräber ein kleines, schmales Loch in die gefrorene Erde schlagen.

Anton stand müde und gedrückt neben seinem Vater, auch seine Schwester Liesl stand verloren da. Ab und an klopfte ihm einer der Dorfbewohner aufmunternd auf die Schulter. Doch ihre angedeuteten Tröstungen erreichten den Buben nicht. Auch hatte er keine Tränen mehr. Er fühlte sich unendlich leer. Seinem Vater ging es ähnlich. Seine Hauptstütze, seine geliebte Frau Teresa, hatte er nun auch verloren. Jetzt war er mit der kleinen Liesl und Anton alleine auf der für ihn trostlos erscheinenden Welt.

Wie sollte das Leben, so hoffnungslos es war, bloß weiter gehen?

Ein neues Zuhause

Die Gemeinde beschloss, der verbliebenen Familie zu helfen. Die Halbwaisen Anton und Liesl sollten beim Zunftmeister Brandner unterkommen. Er und seine Frau waren leider kinderlos geblieben und freuten sich daher sehr über diese neue Aufgabe. Beide waren ehrsame und bescheidene Bürger. In der Gemeinde hatten sie einen guten Ruf. Zusammen mit seiner Frau lebte der Handwerker in einem kleinen Häuschen, ganz in der Nähe der Franziskanerkirche. Er kümmerte sich um die Geschäftsabläufe und das Wohlergehen der örtlichen Drechsler und Holzschnitzer. Der Zunftmeister wachte aufmerksam über die Einhaltung der Handwerksordnung und man brauchte seine Zustimmung, wenn man Mitglied der Zunft werden wollte.

Antons Vater war zunächst gegen diese Regelung, denn er fühlte sich nun ganz alleine und wollte seine Kinder um sich haben. Doch das gute Zureden des Pfarrers half, zumal dem Vater versprochen wurde, er dürfe jederzeit seine Kinder sehen. Dies war ein großes Entgegenkommen des Zunftmeisters.

Auch die Aussicht auf eine sicherere Zukunft und dass er alleine besser wirtschaftlich klarkommen könne, halfen schließlich den erschöpften Adner von der Übersiedlung seiner Kinder zu überzeugen.

An dem Morgen, als der Vater seine Kinder zum Ehepaar Brandner brachte, fühlte Anton sich schlecht. Er hatte Bauchschmerzen und seine Beine wollten gar nicht so richtig loslaufen. Auch Liesl war still und traurig, denn sie spürte, dass es dem Vater schwer war sie Beide loszulassen.

Die Kinder wussten auch nicht so recht, was sie in ihrem neuen Zuhause erwartete. Gewiss, die neuen Pflegeeltern waren freundlich zu ihnen gewesen und sie hatten nun ein schönes Häuschen mit mehr Platz als hier, an der Hanauer Schmiede. Doch sie kannten es ja nicht anders. Auch fühlten sie sich an diesem Platz mit ihrer Mutter und ihren verlorenen Geschwistern verbunden. Doch eigentlich war es auch ein sehr trauriger Platz, dachte sich der kleine Anton insgeheim. Vielleicht war es doch gut, wenn sie einmal etwas anderes sehen würden…? So gingen die Gedanken im Kopf hin und her. Anton war verwirrt und hilflos. Dem Vater schien es ähnlich zu gehen. Er wirkte unsicher und in sich gekehrt. Doch dann riss dieser sich zusammen. Fast barsch befahl er den Kindern, ihre Bündel zu nehmen.

Zu dritt machten sie sich schweren Herzens auf den Weg zur Familie Brandner. Nach einer Stunde kamen sie bei dem alten

Ehepaar an. Es roch herrlich nach Suppe, als sie herzlich an der Eingangstür in Empfang genommen wurden.

„Kommen Sie mit ihren beiden herein", lud Herr Brandner ein. "Ich zeige Euch Eure Kammern und dann gibt es noch eine warme Mahlzeit."

Liesl wurde von Frau Brandner an die Hand genommen und zu ihrem neuen Zuhause gebracht, einer kleinen Kammer unterhalb der hölzernen Wendeltreppe hoch in den Dachstuhl. Der kleine Raum hatte ein kleines Bett, einen Stuhl und eine Waschschüssel. An der Wand hing ein Kreuz. Das war es. Doch Liesl war sehr beeindruckt, denn sie hatte bisher noch nie einen eigenen Raum gehabt.

„Ich hoffe, Du wirst Dich hier wohlfühlen, Liesl", meinte Frau Brandner. „Stell´ Deine Sachen gleich neben das Bett und später erkläre ich Dir, wie das hier so im Haushalt alles geregelt ist", meinte ihre Ziehmutter freundlich. Liesl mochte sie, obwohl sie schon viel älter aussah, als ihre leibliche Mutter.

So stellte sie ihr Bündel mit den wenigen Habseligkeiten ab und ging dann gleich wieder zurück in die Stube, wo auch schon der Vater und Anton erwartungsvoll am Tisch saßen und auf sie warteten. Bei Anton war es mit der Inspektion seines Zimmers schneller gegangen. Auch er war sichtlich beeindruckt, ein eigenes kleines Zimmer zu haben.

Gemeinsam aßen sie dann von der herrlich duftenden Brotsuppe und die Stimmung war ernst und fast feierlich. Ein wenig Aufregung schwang auch in die Gemüter hinein.

Ihr Vater hatte den Kindern ja zugesagt, dass er sie oft besuchen werde. Auch Herr Brandner betonte am Tisch nochmals, dass Herr Adner gerne zu Besuch kommen könne. So gelang ihnen der Abschied von ihrem Vater leichter.

Als die Tür ins Schloss fiel, musste Liesl dann doch etwas weinen, aber Frau Brandner tröstete sie zugleich.

Für Anton war es schon leichter. Er spürte, dass dies ein guter Schritt in seinem Leben war und er jetzt neue Möglichkeiten bekam.

Für Liesl war es zunächst schwer, doch schon bald fühlte auch sie sich wohlbehalten und gut bei der neuen Familie untergebracht. Ein Stück Vertrautheit war mit dem Bruder ja mitgekommen. Anders als die Geschwister es aus vergangen Jahren kannten, hatten sie jeden Tag eine warme Mahlzeit, ausreichend zu essen; nachts gab es eine warme Kammer, so dass sie nicht frieren mussten. Dazu kam, dass beide Halbwaisen nun regelmäßig in die Dorfschule gehen konnten und so das Schreiben und Lesen richtig lernten, denn darauf legte der engagierte Zunftmeister

Brandner großen Wert. Damals, in der Alten Schmiede, waren sie nur unregelmäßig gegangen, so wie es die Eltern geregelt hatten. Manchmal mussten sie noch bei kleinen Handwerksarbeiten mithelfen, oder auch Spielzeug bemalen. Beide hatten sich dabei sehr geschickt angestellt, doch das allgemeine Lernen, wie Lesen, Schreiben und Rechnen, waren dabei zu kurz gekommen. Noch war es ja nicht zu spät; die rührigen Ersatzeltern hatten erfreut festgestellt, dass sowohl Anton als auch Liesl, eine gute Auffassungsgabe hatten und leicht lernten.

In den ersten Monaten ließ sich der leibliche Vater noch oft sehen, durfte auch abends am Tisch am Abendbrot teilnehmen. Doch die Kinder merkten schnell, dass er immer seltener zu Besuch kam. Eines Tages erhielten die Kinder die traurige Nachricht, dass ihr Vater an der Schwindsucht verstorben sei.

Als Anton und Liesl von der Schule nach Hause kamen, spürten sie gleich, dass etwas Ungewöhnliches passiert war. Die Zieheltern warteten am Küchentisch auf sie. Sonst ging es für Anton und Liesl gleich, nach einer kurzen Begrüßung, mit den Schulhausaufgaben los, während Frau Brandner am Herd das Mittagessen vorbereitete.

Doch diesmal schauten die Zieheltern sehr ernst. Zunächst erschraken die beiden Kinder und fürchteten, etwas angestellt zu haben. Doch Herr Brandner setzte gleich an:

„Setzt Euch mal hin, liebe Kinder. Wir haben Euch etwas Wichtiges zu sagen." Anton und Liesl folgten und der Ziehvater begann: „Ihr beide wisst, dass Euer Vater ja immer willkommen bei uns war und er war ja auch einige Male hier. In der letzten Zeit kam er weniger. Das war für Euch nicht leicht und ihr habt ihn bestimmt vermisst. Doch er war sehr krank. Er wollte Euch damit nicht belasten und deswegen kam er nicht mehr. Ja, leider ging es ihm nicht gut und er ist gestern gestorben. Das tut uns so leid."

Die Kinder konnten zunächst gar nicht glauben, denn verstehen, was Herr Brandner da gesagt hatte. Doch dann fing Liesl zu weinen an und ihr Körper schüttelte sich heftig. Frau Brandner rückte näher heran und legte behutsam ihre Hand auf Liesls Schulter.

„Und Ich hatte schon gedacht, dass er uns vergessen hat", meinte die kleine Liesl schluchzend. „Das ist so traurig" Leise schluchzte sie weiter vor sich hin.

Anton war blass geworden, sagte aber kein Wort. In seinem Inneren hatte er schon vor einiger Zeit Abstand zu seinem Vater genommen, der ihm so wenig Halt hatte geben können. Doch dass es dem Vater gesundheitlich so schlecht gegangen war, das erschreckte auch ihn, tat ihm fast körperlich weh.

„Hoffentlich geht es ihm jetzt gut, bei den Engeln im Himmel", murmelte er leise vor sich hin.

Herr Brandner nahm diesen tröstenden Gedanken auf:

„Ja Anton, bestimmt geht es ihm jetzt gut dort. Er muss sich nicht mehr plagen und hat seinen Frieden gefunden." Anton fühlte sich etwas leichter.

„Lasst uns nun etwas Kräftigendes essen. Wir müssen zusammenhalten und weitermachen. Macht was aus Eurem Leben und lernt fleißig weiter. Das ist das Beste, was ihr für Euch und Euren Vater tun könnt."

Mit diesen Worten beendete Herr Brandner das Gespräch. Schweigsam und niedergeschlagen wurde das Mahl eingenommen. Und doch lag etwas Tröstendes und Beschützendes über den Vieren.

Liesl und Anton waren nun Vollwaisen und auf die dauerhafte Unterstützung der Dorfgemeinschaft angewiesen. So traurig der Tod des Vaters war, so fassten sie doch weiter Zutrauen zur Familie Brandner und ihrem neuen Zuhause. Ihre Zieheltern sorgten für stabilere Verhältnisse, als die sie früher hatten. So wurden die Geschwister jeden Werktag zur Schule geschickt. Eigentlich mussten sie nicht geschickt werden, denn sie wollten ja von sich aus etwas lernen, waren wissbegierig, freuten sich darauf. Durch erste kleine Lernerfolge wurden sie bestätigt. Meister Brandner hatte, da er ja selber keinen Nachfolger in die Welt bringen konnte, auch Größeres mit Anton im Sinn. Wenn der Junge weiterhin so fleißig lernte, so konnte er ihn sich tatsächlich eines

Tages als sehr wertvolles Mitglied der Zunft vorstellen.

Freude bereitete beiden Kindern auch die Pflege eines kleinen Feldes, das neben dem Häuschen von Herrn Brandner zur Selbstversorgung angelegt war. Dort hatten die Pflegeeltern Kohl, Kartoffeln und Karotten gepflanzt. Alles Lebensmittel, die dann im Haushalt verarbeitet wurden. Es gab jeden Tag Gemüse. Anton und seine jüngere Schwester betrachteten mit Eifer und Interesse, wie die Nutzpflanzen wuchsen und gediehen. Unter ersten Anleitungen jäteten sie Unkraut und verteilten gesammeltes Regenwasser über heranwachsendem Grün. Wissbegierig nahmen sie alles Neue auf. Im Herbst wurde die Ernte des Apfelbaumes hinter dem Häuschen gesammelt und für die Winterzeit unter dem Dach gelagert.

Im Frühjahr hatte Frau Brandner beiden Kindern eine kleine Hacke und einen Rechen in die Hand gedrückt und verkündet:

„Wir drei werden nun gemeinsam anfangen das erste Gemüse für dieses Jahr anzubauen, damit wir immer etwas Frisches zu essen haben. Heute fangen wir damit an, und zwar mit den Frühkartoffeln und den Bohnen. Ich hoffe, die Eisheiligen meinen es gut mit uns und werden dieses Jahr nicht so frostig ausfallen!"

Die kleine Liesl mit der Hacke in der Hand machte große Augen:

„Was sind denn die Eisheiligen?", wollte sie von ihrer Ziehmutter wissen. Frau Brandner erklärte den Kindern, dass es im Monat Mai nochmals drei, vier Tage geben könnte, die frostig und damit schlecht für die keimend Pflanzen sein könnten. Sie zählte auch die Namen der Eisheiligen auf, doch Anton konnte sich nur die „kalte Sophie" und „Pankratius" merken.

Zunächst sollte Liesl mit ihrer Hacke ein kleines Fleckchen Erde am Gartenzaun auflockern. Gewissenhaft und geduldig machte sie sich ans Werk und nach einer Viertelstunde hatte sie ein schönes Stück freigelegt. Anton half ihr beim Herausholen des Unkrauts und der Steinchen. Dann bat Frau Brandner Anton darum, das kultivierte Beet mit dem Rechen schön glatt zu machen. Danach bekam Liesl sechs keimende Kartoffeln in die Hand, für die sie jeweils ein Loch in den aufgelockerten Boden grub. Mit entsprechendem Abstand wurden die Kartoffeln mit Erde bedeckt und dann noch begossen. Danach durfte Anton die nierenförmigen Samen für die Buschbohnen legen. Frau Brandner hatte aus früherer Ernte einen kleinen Beutel mit Bohnen aufbewahrt. Anton nahm sich dann für jedes kleine Erdloch fünf Hülsenfrüchte heraus, legte sie in die zuvor gegrabenen Löcher und deckte diese mit Erde ab.

„Das werden dann Buschbohnen, fünf Bohnen ergeben einen sogenannten Horst, der besonders dicht ist und viele Bohnen auf einem Platz hat", erklärte Frau Brandner.

„Ihr könnt sie auch einzeln in die Erde setzten, aber dann ist die Ernte nicht so gut, und wir wollen ja auch den Platz richtig nutzen.", erklärte sie den aufmerksamen Kindern. Anton wollte noch wissen, wie lange er dauern würde, bis die Gemüsepflanzen dann erntereif seien.

„Na, wenn Ihr fleißig aufpasst und auch regelmäßig gießt, falls es nicht regnet, dann müssten wir in gut drei Monaten ernten können. Dann werden wir Bohnensuppe essen!" Bei diesen Aussichten spürten die beiden Kinder schon unbändigen Appetit. Dieser praktische Unterricht in Gartenarbeit machte ihnen richtig Spaß!

Liesl freute sich sehr auf die Ernte und sie war stolz darauf, beim Anbau mithelfen zu können. Nun wurden von Anton auch die

Erde der Bohnen mit dem Rechen wieder geglättet. Die erste Lehrstunde für den Anbau von Gemüse war für die beiden beendet.

Zufrieden stellten die Kinder die Gartengeräte wieder in den Schuppen, gingen dann ins Häuschen um sich die Hände in einer Blechschüssel mit Wasser und Kernseife sauber zu schrubben.

Heute hatten sie etwas Neues gelernt. Das war wirklich lebenspraktisch. In ihrem alten Zuhause gab es keinen Gemüseanbau.

Die Brandners bemühte sich fürsorglich um die beiden ihnen anvertrauten Kinder. Sie hatten sie im Laufe der Zeit in ihr Herz geschlossen.
Liesl und Anton sollten auf jeden Fall die Volksschule abschließen. Lesen, Schreiben und einfaches Rechnen konnten die beiden Geschwister nun. Mit vierzehn Jahren fing Anton dann als Lehrling bei Meister Brandner an und legte dafür auch bald seine

Gesellenprüfung ab. Liesl dagegen ging mit dreizehn Jahren als Hausmädchen in den feinen Haushalt einer begüterten Kaufmannsfamilie. Sie bekam dort Kost und Logis frei und blieb bis zu ihrer Heirat bei dieser Tätigkeit.

Anton jedoch sollte in die Fußstapfen seines Ziehvaters treten. Das war der Plan.

Leider blieb ihm sein Lehrmeister nur die ersten fünf Jahre erhalten, dann schlug das Schicksal wieder zu: Herr Brandner fiel von der Leiter, als er vom Dachboden eine kleine Schachtel mit Holzperlen holen wollte. Da er bei seinem Sturz allein in der Werkstatt war, fand ihn seine Frau spät, zu spät. Anton war beim Unfall seines Ziehvaters nicht vor Ort, da er für einen Botengang nach Bad Reichenhall unterwegs war.

Die Trauer war sowohl bei der Witwe, als auch bei den Kindern sehr groß. Bedrückt und niedergeschlagen mussten sie sehen, wie es weiterging. Liesl war mittlerweile als

Hausmädchen zwar wirtschaftlich versorgt und auch die Witwe Brandner bekam eine kleine materielle Unterstützung durch die örtliche Gemeinschaft, doch litten sie sehr unter dem menschlichen Verlust. Der alte Herr Brandner fehlte mit seiner fürsorglichen Wärme und seiner Persönlichkeit.

Zu allem Kummer verstarb im nächsten Jahr auch die Witwe Brandner an einer schweren Lungenentzündung. Der Winter war kalt und feucht gewesen und der Kummer um ihren Mann hatte ihr viel Kraft genommen.

Erwachsenwerden

Anton war jetzt auf sich alleine gestellt und noch zu jung, um seinen ehemaligen Meister zu vertreten. So wurde von den Holzschnitzern ein neuer Mann zum Zunftmeister beistimmt. Anton war nun auch Mitglied der Zunft, beherrschte aber nur das einfache Handwerk. Für eine verantwortungsvollere Aufgabe in der Zunft war er einfach noch zu jung. Anton blieb alleine in dem kleinen Häuschen am Berghang. Da er noch nicht volljährig und damit nicht in der Lage war selbstständig Geschäfte abzuwickeln, wurde ihm ein Vormund zur Seite gestellt, der ehrbare Gendarm Huber.

Obwohl von der Gemeinschaft geschützt und durch das Erbe seiner Zieheltern unterstützt, fühlte Anton sich doch oft alleine und einsam. Dies lag auch daran, dass er keine engen Freunde, geschweige denn eine Freundin hatte.

Nur seine Schwester Liesl, die gelegentlich vorbeikam und ihm ein Brot oder andere kleine Gaben mitbrachte, gab ihm zusätzlichen Halt und auch der sonntägliche Gottesdienst stärkte ihn, sein Schicksal als erträglich anzunehmen.

Platz bot seine kleine Hütte genug für ihn. Da wäre auch noch Platz für einen weiteren Menschen gewesen. Schließlich hatten sie hier ja sogar mal zu viert gewohnt. Jetzt war Anton nun schon seit einigen Jahren auf sich gestellt. Jeden Abend, wenn er nicht auf Wanderung war, hatte er seine Rituale, um den einsamen Abenden eine Struktur zu geben. Er öffnete nochmals Fenster und Türen um frische Luft hereinzulassen, denn später, bei Nacht, könnten sich durch das Licht der Kerzen Mücken oder gar Fledermäuse in das Innere seiner Hütte verlieren. Anton kehrte den Fußboden und wischte seinen Tisch mit einem Stofflappen sauber. Seine Wäsche hatte er über Nacht in einem Bottich eingeweicht. Morgen früh würde er die Wäsche am kleinen Bach sauber spülen und die Wäsche dann hinter der Hütte auf die Wäscheleine hängen.

Doch jetzt dämmerte es schon und Anton zog die Fenster zu. Wohl fühlte er sich in dieser Hütte schon. Sie gab ihm auch das Gefühl von Geborgenheit und war eine Rückzugsmöglichkeit von seinen vielen kräftezehrenden, langen Wanderungen und geschäftlichen Unternehmungen.

Zu Hause angekommen wartete jedoch niemand auf ihn. Nur zu gern hätte er seine Erlebnisse auch mit lieben Menschen geteilt, sich ausgetauscht. Der einzige vertraute Mensch, der gelegentlich bei ihm auftauchte war eben Liesl. Mit ihr konnte er über viele Dinge sprechen, die ihn beschäftigten. Aber eben nicht über alles. Doch auch Liesl war nun erwachsen und hatte draußen ihr eigenes, hartes Alltagsleben. Sie musste auch sehen, dass sie sich und ihre Familie gut durch die Zeit brachte.

Versonnen zündete Anton nun eine Kerze an. Er setzte sich an den Tisch und betrachtete die kleine, tanzende Flamme. „Was für ein eigenes Leben sie hat", dachte er versonnen. Die Flamme schien lebendig zu sein, sie bewegte sich hin und her. Anton verfolgte sie mit seinen Augen, dann gingen seinen Gedanken weit, weit fort. Tief in sich selber versunken sah er Bilder aus vergangenen Tagen in sich aufsteigen, als die Hütte noch mit vertrautem Leben gefüllt war. Da saß Frau Brandner am hölzernen Küchentisch und putzte Bohnen, Herr Brandner schnitzte an einem Stück Holz, Schwester Liesl saß in der Ecke und spielte mit einer Stoffpuppe. Er war nicht alleine. Er glaubte die Stimme seines Ziehvaters zu hören:" Anton, mach´ einfach weiter, wir sehen Dich. Du machst schon alles gut!".

Anton rieb sich die Augen. Hatte er geträumt oder hatte er die Stimme wirklich gehört? Die Kerze war ein gutes Stück abgebrannt. Es war also doch einiges an Zeit verstrichen…Was war denn das eben gewesen? Er war unsicher.

Anton beschloss, einfach ins Bett zu gehen. Er nahm die fast heruntergebrannte Kerze

und stellte sie als Lichtquelle neben sein Bett.
Dann pustete er sie schnell aus und gleich
darauf war er eingeschlafen.

In der Nacht träumte er von seiner großen
Liebe Marie. Sie war mit ihren Kindern in
seine Hütte gezogen.

Auf dem Weg nach Salzburg

Man schrieb das Jahr 1735. Anton war auf
dem Weg nach Salzburg. Eine seiner kurzen
Strecken über die Berge. Nur eine halbe
Tageswanderung. Schon kurz nach
Sonnenaufgang war er gestartet. Wenn alles
gut ging, würde er zum zweiten Frühstück
dort sein. Die alte Frau Gruber erwartete ihn
in ihrem Spielzeugladen am Marktplatz,
unterhalb der Salzburg. Dort sollte er wieder
eine größere Bestellung abliefern.
Möglicherweise würde er auch Glück haben
und ein paar Taler mit zurückbringen.

Vielleicht hatte sie schon das eine oder andere Holzteil verkaufen können, was er ihr vor sechs Wochen gebracht hatte. Die "Berchtesgadener War" hatte einen sehr guten Ruf, nicht nur im Umland, sondern auch in der Schweiz und sogar in weiter entfernten Ländern. Sehr begehrt waren Spanschachteln, aber auch die lustigen "Arschpfeifenrössel", besonders in der Weihnachtszeit. Sowohl Kinder als auch Erwachsene liebten diese bunten Holzpferde auf Rädern.

Keuchend schleppte Anton sich den steilen Berg hinauf. Links und rechts säumten Bäume den schmalen Aufstieg. Die Kraxe drückte sich in den Rücken hinein. Nun war er schon drei Stunden unterwegs! Schweiß tropfte von den Schläfen. Er wollte sich gleich ein schattiges Plätzchen suchen, Wasser trinken und seine Vesper essen. Der Weg war ihm vertraut, denn er war ihn schon oft gegangen. Noch weitere zwei

Stunden Wegezeit, dann war er am Ziel. Dort würde er die schwere, wertvolle Fracht endlich loswerden.

In Gedanken war er immer wieder bei seiner heimlichen Liebe, Marie. Leider war diese unerreichbar für ihn. Längst war sie einem anderen versprochen. Er musste sich damit abfinden, dass es für ihn keinen guten Ausgang nahm. Die Dorfgemeinschaft hatte ihre eigenen Regeln; da gab es kein Entrinnen und Rauskommen. Marie war vergeben und eine andere Frau wollte er nicht. Die Gedanken drückten ihn, genauso wie seine schwere Holztrage mit den vielen feinen Schnitzwerken.

Anton hatte heute keinen Blick für die Schönheit der Berge. Weder für die rotglühenden Veilchen, noch für die herrlich leuchtenden Windröschen, auch der weiße Steinbrech interessierte ihn nicht. Heute war er versunken in grüblerischen Gedanken: Sein Leben bestand nur aus Arbeit und

Gewissenhaftigkeit. Für die Liebe war kein Platz. Marie wusste nichts von seiner Verehrung, aber das hätte auch nichts genutzt. Sie würde Xaver, den Sohn vom wohlhabenden Gastwirt, heiraten. So wäre sie auch gut versorgt. Er seufzte leise. Hören konnte ihn ja sowieso niemand. Vielleicht ein äsendes Reh auf einer kleinen Lichtung… jetzt musste er selber über dieses Bild lächeln. Die Tiere des Waldes, so wild sie auch sein mochten, hatten eine beruhigende Wirkung auf ihn. Manchmal erblickte er sie zufällig, wenn er sehr vorsichtig lief. Doch gingen die Tiere ihm eher scheu aus dem Wege und er ließ sie in Ruhe.

Der einsame Wanderer versuchte sich wieder auf seinen eigentlichen Weg zu konzentrieren. Schließlich hatte er eine wichtige Aufgabe – die Berchtesgadener Holzschnitzer setzten auf ihn, hatten Vertrauen in seine Mission. Er wollte seine größere Bestellung sicher abliefern und mit guten Erlösen nach Hause kommen. Der Gedanke, einer wichtigen Aufgabe nachzukommen, ließ ihn jetzt wieder entspannter und ruhiger werden. Anton richtete sich auf und beschleunigte seinen Gang. Er wollte seine Leute nicht enttäuschen!

Plötzlich veränderte sich seine Aufmerksamkeit. Da war doch was? Ungewöhnliches Knacken von trockenen Ästen hatte er gehört. Sein Körper sandte warnende Signale aus. Doch umdrehen wollte er sich auch nicht. Zwar gab es Füchse, Hasen, Wild hier im Wald, aber diesmal klangen die Geräusche fremd und falsch.

Anton beschleunigte seine Schritte, ohne dass er Aufregung zeigen wollte. Er wusste, dass es auch dunkles Gesindel, Wegelagerer, hier in der Gegend geben sollte. Begegnet war er den lichtscheuen Strolchen zum Glück noch nie. Viele schlimme Geschichten hatte er über sie schon gehört. Es kursierten beängstigende, unheimliche Erzählungen von überfallenen Händlern. Ob auch er in Gefahr war? Sein Bauch gab ihm gerade einen entscheidenden, warnenden Impuls.

Jetzt ging es Anton nur darum, schnell voranzukommen, einen möglichen Fluchtweg zu finden. Noch war der Verfolger weiter entfernt. Doch das seltsame Knacken kam näher, seinen scharfen Ohren konnte er trauen. Seine Intuition trog nicht. Es waren sogar zwei Männer!

Nur eine List könnte ihn jetzt noch retten! Mit der Last auf dem Rücken ging es nimmer weiter. Doch seine Holzware wollte er nicht einfach abstreifen, aufgeben und weiterlaufen. Verzweifelt sprangen die Gedanken hin und her. Plötzlich dann der Einfall: Im letzten Jahr hatte er ganz in der Nähe eine Abzweigung über eine Schlucht entdeckt. Wie weit war sie weg? Flink lief er weiter, nun jede Vorsicht außer Acht lassend. Auch seine Verfolger taten es ihm gleich. Anton hörte lautes Ächzen und Fluchen. Sie waren ihm auf den Fersen! Die Lumpen machten nun keinen weiteren Versuch sich zu verbergen. Warum auch? Weit und breit gab es keine Hilfe für den armen Händler.

Anton spürte nichts, keinen Schmerz und keine Anstrengung. Er lief so schnell wie seine dünnen, sehnigen Beinchen ihn trugen. Nun ging es um sein Leben. Rechts von ihm tauchte plötzlich der kleine, rettende Waldweg zur Schlucht auf. Blindlings rannte er hinein, durchbrach dabei dunkles Geäst, starke Tannenzweige peitschten ihm ins Gesicht. Seine Mütze fiel vom Kopf, doch dies merkte er nicht. Weiter, nur weiter, trommelte eine innere Stimme…es war nicht mehr weit… ja, gleich dort war die Schlucht! Über dieser war ein schmaler Baum als Brücke gelegt worden. Nur Waghalsige, Übermütige und Schwindelfreie würden sich da hinübertrauen. Anton hatte sich im letzten Jahr schon mal getraut, allerdings mit leichterem Gepäck. Dies war seine einzige Hoffnung! Es gab jetzt kein Zurück! Nur Voran!

Vorsichtig setzte er den ersten Fuß auf den Steg, dann den zweiten...der Steg hielt. So ging er mit seiner wertvollen Fracht über diesen Baumstamm. Kurz bevor er drüben abspringen konnte, spürte er noch größere Gegenstände vorbeifliegen, wilde Flüche und dann einen festen Schlag. Warm lief es am Kopf herunter. Was war das? Dennoch hangelte er sich weiter, erreichte festen Boden, krabbelte auf allen Vieren den Hang wieder hinauf. Zeter und Mordio schrien seine Verfolger, doch sie kamen nicht mehr näher, trauten sich wohl nicht über den schmalen Steg. Das war sein Glück! Jetzt nur keine Schwäche zeigen! Anton rappelte sich auf und lief weiter. Bloß weg von diesem gefährlichen Ort!

Fluchend warfen die Verfolger weiter mit Stöcken und Steinen nach ihm! Mit zittrig-wackligen Schritten setzte er seinen Weg nach oben fort, hin zum dichten, rettenden Gebüsch. Schnaufend kam er an, duckte sich tief hinein. Aufgeregt und angespannt gönnte er sich dennoch einen Moment des Verweilens. Gefolgt waren sie ihm nicht über die Schlucht, aber natürlich konnten sie ihn mit einem großen Umweg noch einholen! Vorsichtig tastete er mit seiner Hand den Hinterkopf ab, zog sie zurück. Da war viel Blut dran!

Er musste schnell nach Salzburg kommen! Frau Gruber, die Ladeninhaberin, würde ihm sicherlich helfen. Er musste sich beeilen, durfte keine Schwäche zeigen, bloß nicht ohnmächtig werden! Nicht an die Wunde denken! Noch knapp zwei Stunden, bis er sicher war.

Gut eine Stunde später sah er von der Anhöhe aus auf die wunderbare Stadt, sein

Ziel. Ach, wie war er erleichtert, Salzburg zu sehen! So schnell war er noch nie den Hang hinabgestolpert, an der Salzach zog es ihn gleich Richtung Altstadt. Dort in der kleinen, schmalen Gasse hatte Frau Gruber ihr Spielwarengeschäft. Mittlerweile war es Mittagszeit. Auf keinen Fall wollte er in seinem erbärmlichen Zustand von vielen Menschen gesehen werden. Deswegen ging er einen Umweg über den Hinterhof und klopfte dort an die Tür. Anton hörte, wie Schritte die winzige Wohnung durchquerten und dann öffnete Frau Gruber vorsichtig die Holztür.

„Mein Gott, Herrschaftszeiten, wie schauen ´s denn aus, Herr Anton?", rief sie entsetzt. Erschrocken starrte sie ihn an. Dann zog sie ihn beherzt hinein.

„Braucht ja nicht jeder zu sehen, dass Sie sich geschlagen haben!"

Diese Einschätzung war Anton sehr peinlich: „Frau Gruber, das glauben Sie doch nicht wirklich. Räuber waren hinter mir her, und zwar gleich zwei. Nur mit Glück und göttlichem Beistand habe ich's geschafft, zu entkommen."

Frau Gruber war blass geworden. Aufmerksam hörte sich die Salzburgerin Antons Erzählungen an, um sich danach umständlich zu entschuldigen.

„Oh, es tut mir so leid, Herr Anton, dass ich auf so einen dummen Einfall kam. Wo Sie doch einer meiner zuverlässigsten Lieferanten sind! Wie konnte ich nur auf so eine Idee kommen? Jetzt schauen wir mal, wie ich Ihnen helfen kann." Die patente Frau legte ihm einen notdürftigen Verband an; vorher hatte sie eine wohltuende, kühle Kräutersalbe auf die Wunde gestrichen. Dann bekam er eine große Suppenterrine mit einer kräftigenden Gemüsebrühe und einer großen Brezel vorgesetzt.

„Seien Sie froh, dass Sie mit dem Leben davongekommen sind, Herr Anton. Und ihr

Spielzeug ist bis auf ein Holzpferdchen auch stabil geblieben!", sprudelte es aus ihr heraus. „Das hätte schlimm ausgehen können!".

Erst jetzt merkte Anton, wie schwach und elend er sich fühlte. Seine Beine fingen an zu zittern und er verfiel zusehends zu einem Häufchen Elend. Er konnte sich nun gar nicht mehr vorstellen, den Weg nach Hause anzutreten, so wie er es ursprünglich geplant hatte. Er fühlte sich hilflos.

Doch Frau Gruber hatte einen beruhigenden Plan: „Herr Anton, Sie dürfen sich jetzt erst mal in dem kleinen Lager im Schuppen ausruhen. Morgen früh brechen Sie dann erst wieder nach Berchtesgaden auf. Und ich werde auch das zerbrochene Pferd kaufen. Vielleicht können sie es ja heute Abend im Schuppen noch reparieren? Holzleim könnte ich Ihnen geben." Wie froh und dankbar war Anton nun für diese beruhigenden Aussichten. Ja, das Pferdchen wollte er zur

Nacht noch so gut es ging wiederherstellen. Die Aussicht auf einen ruhigen Raum zum Erholen entlastete ihn. „Die Heilige Madonna in Sankt Bartholomä werde ich besuchen, eine Wallfahrt dorthin machen. Ohne diesen Beistand hätte ich es wohl nicht geschafft", entfuhr es Anton. „Und für Sie, Frau Gruber, werde ich eine Kerze anzünden." Ein Gefühl der Dankbarkeit und Erleichterung erfasste Anton.

Vielleicht machten sich einige aus der Holzmacherzunft in seinem Heimatort nun Sorgen, wenn er am Abend nicht auftauchte? Doch denen konnte der Kraxenträger nicht helfen. Für heute war er sicher.

Anton konnte jetzt noch nicht wissen, dass am Ende seines langen Lebens ein junger Mann aus München namens Carl Spitzweg, eigentlich ein Apotheker, von seinen entbehrungsreichen Wanderungen erfahren würde und ihm dann als gestandener Maler in höherem Alter ein berühmtes Denkmal setzte. Er, Anton, wurde nach seinem Tode in einer Zeichnung verewigt. Das Bild würde heißen: „Der Kraxenträger in der Schlucht".

Noch heute ist es in der Münchner Pinakothek zu finden.

Aufbruch zurück nach Berchtesgaden

Am nächsten Morgen trat er gegen sechs Uhr den Heimweg an. Die gute Frau Gruber hatte ihm noch ein trockenes Stück Brot und etwas Wasser zu trinken mitgegeben, dazu den ausgehandelten Erlös für die Holzware. Frohgemut lief er in Richtung Heimat los. Allerdings hatte er sich zuvor überlegt, einen kleinen Umweg zu laufen, nicht denselben Weg, den er auf dem Hinweg genommen hatte. Lieber einen Umweg in Kauf nehmen, als nochmals in die Nähe der Wegelagerer zu kommen.

Eigentlich, so dachte er, waren die Strolche sehr dumm gewesen, denn den Erlös der

Holzware auf seinem Rückweg zu erbeuten, wäre doch viel ertragreicher gewesen.

Frau Gruber hatte ihm noch erzählt, dass er nicht der Einzige war, dem ein Überfall gedroht hatte. Schon zahlreiche andere Wanderer hatten von Verfolgungen, Raub und zugefügten Verletzungen berichtet. Im letzten Jahr gab es sogar einen Toten. Die örtliche Gendarmerie hatte schon die Spuren der gefährlichen Männer verfolgt, doch offenkundig war sie bisher noch nicht erfolgreich.

Heute war das schönste Wanderwetter überhaupt. Die Sonne ließ erste Strahlen über die zerklüftete Anhöhe wandern. Bald wurde ihm durch das Laufen warm. Er biss in einen Apfel, den er im Vorbeigehen von einem wilden Baum gepflückt hatte. Die Süße der Frucht genoss er, der Saft des Apfels tropfte ihm als leichtes Rinnsal vom Mund.

Ein wenig noch schmerzte der Hinterkopf, doch insgesamt fühlte Anton sich wieder gestärkt. Er hatte seine Ruhe, seine innere Mitte wiedergefunden. Besonnenheit zeichnete ihn auch bei seinen Dorfmitbewohnern aus. Selten brauste er auf, ließ sich durch einschneidende Ereignisse nicht aus der Fassung bringen. Er schien seine innere Balance gefunden zu haben.

Diesen Charakterzug und seiner Redlichkeit hatte er es zu verdanken, dass man ihn mit der verantwortungsvollen Aufgabe des Warenhändlers betraut hatte. Seine Schreibkenntnisse – so bescheiden sie auch waren – waren natürlich ebenfalls von Vorteil.

Stetig ging es nun bergauf, ein Blick zurück auf die Stadt, ein Gruß an die malerisch daliegende Festung, und weiter ging es in den Wald hinein. Diesmal jedoch lief er am Rande des Forstes entlang, drang nicht so tief ein, nahm einen größeren Weg in Kauf. So fühlte er sich sicherer.

Einmal traf er auf einen schwarzgekleideten Hünen, der sich gleich als Zimmermannsgeselle zu erkennen gab. Er erklärte, dass er von Stadt zu Stadt zog. Trotz seines seltsamen Erscheinungsbildes wirkte der Fremde vertrauenserweckend. Vor ihm brauchte Anton keine Angst zu haben. Der Zimmermann war gesprächig, er hieß Johann, kam aus Böhmen, aus einer Stadt namens Görlitz. Von diesem Ort hatte Anton noch nie gehört. Er sei auf der Walz, erklärte ihm Johann. Nun war Anton doch neugierig; diese Zeit wollte er sich nehmen. Er hatte schon von fahrenden Handwerkern gehört, die ihre Lehrjahre auf Wanderschaft verbrachten. Doch was war das Besondere an dieser Stadt? Und was bedeutete der kleine goldene Ring am Ohr des Hünen, den der kleinere Anton aus seiner Perspektive heraus doch erkannte? Wie konnte man so etwas Wertvolles so offen tragen? Das war doch gefährlich...gerade hier, mit dem Gesindel in der Nähe?

„Görlitz ist eine wunderbare Stadt, unsere Holzhäuser sind die Schönsten und Besten im Lande", berichtete der freundliche Hüne. „Doch ich soll mir hier im Süden, in anderen Städten, neue Baustile anschauen, mir eben das Beste für unser Handwerk aneignen. Das will mein Meister so", erklärte er dem Berchtesgadener. „So muss ich drei Jahre und einen Tag reisen. So will es unsere Zunftordnung. Dazu muss ich einen Nachweis liefern, wo ich gearbeitet und was ich dabei gelernt habe", berichtete der Zimmermann munter weiter. „Hier, das sind meine bisherigen Aufzeichnungen!" Er zog ein dickes, papiernes Bündel aus seinem Rucksack. „Damit meine Zunft sieht, dass ich auch fleißig war." Anton war sehr beeindruckt. Sogar schreiben und lesen konnte der wandernde Geselle. Das war nicht selbstverständlich. „Und Du kannst mir bestimmt verraten, wie weit es noch bis Salzburg ist, denn das ist mein Ziel", bat Johann. Anton erklärte ihm den Weg, dabei betrachtete er aufmerksam das seltsame Aussehen des Zimmermanns. Doch traute er sich nicht nach dessen Ohrschmuck zu fragen. Vielleicht würde er diesen beeindruckenden und sichtlich auch gutmütigen Mann irgendwann noch einmal treffen? Dann würde er sich vielleicht nach dem Ohrring erkundigen...Die beiden Wanderer verabschiedeten sich und Anton setzte seinen Weg gen Heimat fort,

Nun war die volle Aufmerksamkeit wieder konzentriert auf seinem Weg gerichtet. Er fühlte sich gut. So gut, dass er, gestärkt durch seinen erfolgreichen Besuch in Salzburg, beschwingt und heiter war. Leichten Schrittes und nun mit leichter Kraxe ging es weiter hinauf in den Wald.

Beobachtungen der Natur

Anton beobachtete bei seinen Wanderungen gerne die Natur und suchte nach wiederkehrenden Gesetzmäßigkeiten. So suchte er für sich eine innere Ordnung, einen Plan und er meinte erkannt zu haben, dass sich die Abläufe in einem ewigen Kreislauf bewegten.

Die vier Jahreszeiten, die regelmäßig kamen, Frühling, Sommer, Herbst und Winter, waren feste Konstanten. Anton übertrug diese Regelmäßigkeiten auch auf andere Bereiche. So waren die gleichen Abläufe von Geburt, Leben und Sterben sowohl bei den Menschen als auch bei den Tieren zu beobachten; auch der Verlauf der Sterne, der stete Sonnenaufgang und ihr Untergang waren für ihn Zeichen einer immer gleichen Sprache der Natur. Man musste sie nur verstehen können! Die Natur befand sich in einem regelmäßigen System, manchmal war es auch ein Hin- und Herschwingen von einem Pol zum anderen.

Und so wie der Frühling Aufbruch und Neubeginn bedeutete, so war der Winter mit seinen Schneebergen der Gegenpol: Es war die Zeit der Ruhe und des Schlafes. Im Frühling fing der Kreislauf von vorne an: Alles erblühte und erwachte und Gottes Schöpfung war in den schönsten Farben zu bewundern. Der Sommer brachte die Früchte des Bodens hervor und im Herbst kam die reiche Ernte. Dann wurde es mit der zunehmenden Kälte wieder ruhiger, die Welt schien langsamer zu werden. Mensch und Tier zogen sich in ihre Quartiere und Bauten zurück.

Anton fragte sich manchmal, ob man den Menschen und sein Dasein mit dem Kreislauf in der Natur vergleichen könnte. Zwar hatte der Pfarrer gesagt, dass der Mensch die Krone der Schöpfung sei, doch schließlich war der Mensch ja auch ein Geschöpf der Natur, das mit der Geburt einen Anfang nahm, später dann kam das

Frühlingserwachen des Heranwachsenden hinzu und dann der Sommer des Lebens, der die Erwachsenenzeit symbolisierte. Irgendwann kam noch mit etwas Glück ein langer Lebensabend, der Herbst des Lebens.

Vor zwei Tagen war er noch bei einer Beerdigung auf dem Alten Friedhof bei der Franziskanerkirche gewesen. Die Frau vom Schmied war mit 55 Jahren verstorben. Ein gutes Alter. Viel älter wurden die Menschen hier in den Bergen normalerweise nicht. Die Gemeinde hatte Anteil genommen. Es waren über 100 Menschen zur Trauerfeier gekommen. Sie bekundeten bewegt den Anverwandten ihre Anteilnahme.

Doch Anton hatte noch weitere Gedanken. Er fragte sich, wohin die Seele dieser Frau gegangen war. War diese für immer in der Ewigkeit entschwunden? Der Pfarrer und die Kirche hatten dazu klare Antworten, doch manchmal zweifelte Anton an diesen Aussagen. Er glaubte, dass die Seele des

Menschen einen eigenen Weg ging, aber doch nicht so weit weg. Ob dieser Weg wirklich im Paradies oder in der Ewigkeit endete, war für ihn nicht gewiss. Warum sollten diese individuellen Seelen für immer entschwinden? Warum sollten sie in einer anderen Form nicht zurückkehren, so wie das Laub von den Bäumen fiel, verwitterte und dann wieder in die Erde einging, um als Nährboden dem Baum und seinem Wachstum aufs Neue zu dienen. Für Anton war klar: Die Natur führte ihm anschaulich vor, dass es einen in sich geschlossenen Kreislauf der Ereignisse gab.

Anton fühlte sich sogleich wohl, wenn er bei seinen langen Wanderungen den Wald betrat. Es duftete nach dem Harz der Bäume, die Luft war rein und klar. Aus dem weichen Erdreich kamen die herben Düfte der Pilze hervor. Anton hatte im grünen Forst das Gefühl, mit den Bewegungen der Natur zu schwingen. Wenn er über den weichen

Waldboden lief, passierte dies auf eine fast schwerelose Weise, obgleich er ja meistens die schwere Kraxe trug. In den Tiefen des Berchtesgadener Waldes fand er seine innere Ruhe. Schon nach wenigen Metern, geschützt von dichten, dunkelgrünen Baumkronen, lief er erleichtert, fast befreit, weiter und tiefer hinein. Hier war er still, und geschützt in diesem mächtig grünen Organismus. Es fühlte sich an, als sei er selber ein Teil dieses mächtigen Waldes. Manchmal durchquerte Anton ein kleines Bächlein, bei dem im letzten Moment scheue Rehe fortsprangen. Tief sog er die würzige und kräftige Waldesluft in sich ein.

Im Herbst in St. Bartholomä

Schon zwei Monate später wollte Anton sein sich selbst auferlegtes Gelübde einlösen.

Die beschauliche, vor einigen Jahren frisch renovierte Wallfahrtskirche St. Bartholomä am Westufer des Königsee war sein Ziel. Mit ihren drei roten Kuppeldächern und dem weißen Mauern war sie ein Wahrzeichen seiner Heimat. Ihr Namenspatron war der Heilige Bartholomäus, dessen Gebeine dort auch liegen sollten. Er war Patron der Almleute und der Hirten, so hatte der Pfarrer es einmal seiner Gemeinde berichtet. Anton hatte genau zugehört, wenn der Pfarrer verzückt von der schönen Wallfahrtskirche sprach. Nun wollte er selber eine kleine Wallfahrt dorthin unternehmen. Dafür hatte er sich einen freien Tag vom Zunftmeister geben lassen. Er hätte auch an einem seiner freien Sonntage den Weg zurücklegen können, wie so viele Gläubige das taten, aber da war es ihm zu überlaufen.

Es war möglich mit dem Schiff zur Halbinsel zu gelangen, auf der die schöne Kapelle und weitere Gebäude lagen. Aber Anton hatte sich den beschwerlicheren Weg über die

Berge ausgesucht. Er wollte der heiligen Mutter Gottes beweisen, dass er wirklich dankbar war. Schließlich hatte sie ihn vor den Wegelagerern beschützt und ihn gesund nach Hause kehren lassen.

Den größten Ansturm an Pilgern hatte die Kirche immer am Samstag nach dem 24. August, denn da war der Namenstag des Heiligen. Viele Gläubige unternahmen eine Almer Wallfahrt. Die meisten ließen sich von den Schiffchen auf die Insel bringen. Dabei bewunderten sie die herrliche Bergkulisse, in deren Hintergrund der beeindruckende Watzmann mit seinem schneebedeckten Gipfel zu sehen war.

Anton mochte die Menschenmassen nicht, die sich häufig lautstark, neugierig und unangemessen der Pilgerstätte näherten. Oft hatte er das Gefühl, dass die Menschen nur etwas erleben wollten, ihnen der Sinn der Pilgerreise verloren gegangen war. Doch vielleicht stand es ihm nicht an, über andere so zu denken. Jeder sollte auf sich und sein Handeln schauen. So hatte es der alte Pater gepredigt.

In seinem Inneren spürte Anton auch, dass er sich mit seiner etwas eigensinnigen Art schwer mit seiner Umgebung tat. Zwar war er stets freundlich und offen gegenüber seinen Mitmenschen, doch konnte er deren Verhaltensweisen nicht immer verstehen. Sei´s drum!

Heute jedenfalls war er mit sich im Reinen und sehr dankbar, dass er sich mit seiner Arbeit gut über Wasser halten konnte. Wie ging es ihm gut, im Vergleich zu den schweren Entbehrungen, die er anfangs in der Kindheit erleben musste!

Leichten Schrittes kam er voran.

Wie frisch und rein die Luft war: Es war der richtige Tag für den Weg zur Wallfahrtskirche. Die unberührte Natur entlang des Königsees tat ihm gut. Sollten sie doch mit dem Schiffchen fahren. Er beobachtete lieber den Schwarzspecht, der die Rinde der Stämme eifrig beklopfte. Auch einen Dachs bekam er zu sehen, der sich schnell im Gebüsch verkroch, als er näherkam.

Nun stieg Anton bergauf. Der Atem ging schneller, das Herz klopfte. Der Wallfahrer spürte seine Kraft, die ihm den Antrieb gab. Einmal rutschte er jedoch etwas aus, eine kleine Unaufmerksamkeit, denn er wollte gleichzeitig den Flug eines Bartgeiers verfolgen. Wo der wohl hin wollte? So groß auch dessen Schwingen waren, so leicht glitt er doch dahin. Dann besann sich Anton. Er musste sich besser konzentrieren, mehr auf den Weg achten.

Nach einem beschwerlichen Anstieg über steile Bergpfade, über den Grünstein mit vielen Auf - und Abstiegen, hatte er es endlich geschafft. Der Anblick war fabelhaft. Nun stand er vor der wunderschönen

Wallfahrtskirche. Die Kapelle mit ihren Nebengebäuden befand sich auf der Halbinsel Hirschau.

Heute waren nur wenige Besucher zu sehen. Anton genoss den Panoramablick auf den flirrend-leuchtenden Königsee, die barocke Kapelle mit den dunkelroten Zwiebeltürmen und die imposante Bergkulisse. Es war hier einfach atemberaubend schön.

Ehrfurchtsvoll öffnete er die Tür der Kapelle. Der Duft von Weihrauch erfüllte den Raum. Ein Priester hatte gerade einige Kerzen auf dem kleinen Altar entzündet. Auf den schlichten Holzbänken kauerten noch drei einzelne Pilger, die tief im Gebet versunken waren. Vorsichtig bekreuzigte Anton sich, ging vor den Altar, kniete nieder, hielt ein kurzes Dankgebet. Danach setzte er sich still auf die hinterste Bank. Sein Blick ging durch den Raum: Eine weiße Decke mit zarten rosa Tönen, links und rechts vom Hauptaltar waren jeweils kleine Kanzeln mit bunten

Bildern zu sehen. Diese Kapelle war ein Kleinod, wunderschön. Anton fühlte sich an das Paradies erinnert. So ähnlich konnte es dort ausschauen! Der richtige Ort, um für seine Rettung vor den Wegelagerern zu danken. Konzentriert schaute er sich auch das Hochaltarbild vom heiligen Bartholomäus an. Dieser war bis in den Orient gekommen, war für seinen Glauben als Märtyrer gestorben. So extrem wollte Anton nicht sein. Dazu hing er zu sehr an seinem Leben. Aber auf jeden Fall wollte er heute dem Schutzpatron der Almleute - und er war ja einer von hier - eine dicke Kerze spenden.

Anton dachte über sein Leben nach. Eigentlich konnte er zufrieden sein: Mit den Einnahmen seiner Arbeit kam er aus, denn er war sehr genügsam und mit den Menschen in seinem Ort lebte er einträglich zusammen. Doch es schmerzte ihn, dass er keine Möglichkeiten hatte, eine passende Frau zu finden; er wollte ja nicht irgendeine, sondern Marie, die ja nun die Frau des Ochsenwirts war. Der war zwar nicht sonderlich freundlich zu ihr, aber verheiratet war verheiratet.

Nur manchmal dachte er noch an den Moment, wo er als hungernder Achtjähriger durch Berchtesgaden gelaufen war, auf der Suche nach etwas Essbarem, und er zunächst keine Hilfe gefunden hatte. Dann war er am ansehnlichen Gasthaus von Maries Vater vorbeigekommen und die kleine Marie, sie mochte damals wohl fünf Jahre alt gewesen sein, hatte ihm ihre halbe Semmel geschenkt. Ihre freundliche Geste und den Heißhunger, mit dem er die Semmel gegessen hatte, würde er nie mehr vergessen. Die nun von Kindesbeinen verehrte Marie wuchs zu einem feschen jungen Mädel heran, die von vielen jungen Männern angeschmachtet wurde. Wie schön sie aussah, wenn sie mit ihrem blauweißen Dirndl und den hochgesteckten Zöpfen auf der prächtig geschmückten Kutsche beim jährlichen Umzug mitfuhr und Blumen in die Menge warf! Einmal hatte er auch eine Kornblume aufgefangen. Diese hatte er in seine kleine Bibel gelegt, sie dort trocknen lassen. Noch immer lag sie in dem vielgelesenen Büchlein. Seine ganze Kindheit und Jugendzeit dachte er nur an Marie. Es war vergebliches Sehnen, denn er konnte sie immer nur von weitem betrachten. Wahrscheinlich ahnte sie noch nicht einmal, dass er sie liebte.

Ihr Vater führte ein strenges Regiment und es war klar, dass sie nur an einen ebenbürtigen Gastwirtssohn innerhalb der Zunft verheiratet werden würde.

So vergingen die Jahre und Anton beschäftigte sich meistens mit seiner Arbeit als Kraxenträger. Zum Glück waren seine Wege hinaus aus der Stadt abwechslungsreich und gaben ihm die Bestätigung sinnvollen Tuns. Er war wichtig für die

Zunft. Anton wusste, wofür er da war und lebte. Die Zunftleute vertrauten ihm und er brachte ihre Ware gewinnbringend in die Welt hinaus. Er sorgte mit seinen geschäftlichen Wanderungen für diese Familien. Seine Aufgabe war angesehen und notwendig für die Zunft.

Ihm, Anton, fehlte jedoch noch eins zu seinem Glück: Er hatte keine passende Frau gefunden. Vielleicht würde sich noch etwas ergeben? Doch er glaubte nicht mehr daran, eine Gefährtin zu finden; zu sehr liebte er die, die er niemals haben konnte.

Wenigstens seine Schwester Liesl fand ihr Glück mit Hubert, dem Sohn eines anderen Holzmachers. Sie hatten nun drei Kinder und sie ging in ihrer Aufgabe als Mutter und Ehefrau auf. Gelegentlich durfte Anton auch im Kreise ihrer Familie zu Abend essen.

So ging ihm nun sein halbes Leben durch den Kopf. Hier, in der Kapelle war Ruhe und Abstand. Nach einiger Zeit löste sich Anton aus seinen Rückblicken und Tagträumen und begab sich zum Opferstock. Er warf einige Münzen hinein, suchte sich dann eine große, weiße Kerze aus, die er sogleich entzündete und neben weiteren Lichtern auf ein flaches Holzbrett stellte. Einen Moment verharrte er noch vor dem Flackern des Lichts. Dann wollte er wieder zurückkehren. Ein älterer Mann trat aus dem Hintergrund des Raumes hervor und folgte ihm. Es war der Priester, den er beim Eintritt in die Wallfahrtskirche kurz gesehen hatte.

Bei Tageslicht betrachtet sah der Priester doch sehr vertraut aus...irgendwo hatte er ihn schon einmal getroffen.

„Anton, ich bin´s, Joseph aus der Alten Schmiede. Ich war mal vor einem Vierteljahrhundert Euer Nachbar... Mein Vater war auch Drechsler, Gott habe ihn selig." Der Priester bekreuzigte sich flüchtig. „Ich weiß noch, wie schlimm es bei euch zu Hause war, doch konnte ich damals noch nicht helfen. Wir waren selber arm und es war so schwer... Nur gut, dass ich von unserer Kirche die Möglichkeit bekam, Theologie in München zu studieren. Nun habe ich meine Berufung gefunden. Und durfte sogar wieder in die schöne Heimat zurückkehren. Hier, in St. Bartholomä ist das Paradies auf Erden."

Anton fasste schnell Zutrauen, er erinnerte sich schwach an einen jungen Mann, den er als Kind öfters gesehen hatte, wenn er die Holzarbeiten seines Vaters beim Nachbar abgegeben hatte. Dieser hatte dann die Produkte der Zunft gesammelt, alles notiert und anschließend nach Berchtesgaden weitergeben.

Ein vertrauter Mensch aus der Kindheit war wie ein Bote aus einer früheren Zeit, auch wenn er noch seine Schwester hatte, es war gut, weitere Menschen zu treffen, die ihn von ganz früher her kannten. So hatte sich seine kleine Wallfahrt hierher schon doppelt gelohnt!

Der Priester räusperte sich, er hatte noch etwas auf dem Herzen.

„Anton, weißt Du, ich habe ja mein Schweigegelübde abgelegt, aber das, was ich Dir jetzt erzähle, ist noch aus der Zeit vor meiner Priesterberufung. Daher darf ich davon berichten. Ich hatte immer gehofft, dass ich Dich mal sehe und es Dir persönlich erzählen kann…!"

Etwas betreten und unsicher schaute Anton ihn an: Warum war der Priester plötzlich so seltsam in seinem Verhalten? Was konnte das für ein Geheimnis sein?

„Lass´ uns mal da vorne auf der Bank sitzen", meinte nun Joseph. Anton folgte zögernd. „Mein Vater", so begann Joseph, „starb vor drei Jahren hier in Schönau. Die letzten Tage habe ich ihn gepflegt und wir hatten noch Zeit uns auszusprechen. Es war abzusehen, dass es zu Ende geht, sein Körper war müde und ausgezehrt. Ihm war noch wichtig, mir ein Geheimnis anzuvertrauen, was ihn sehr belastete. Denn er hatte einen weiteren Sohn neben mir gehabt, den er bei seinem Weg ins Leben nicht unterstützen und begleiten konnte." Joseph rutschte angespannt hin und her: „Und das bist Du, Anton!"

Wie vom Blitz getroffen zuckte Anton zusammen. Wie kam denn Joseph auf so etwas? Joseph berichtete, dass sein Vater mit seiner Nachbarin, Antons Mutter, eine kurze Zeit geheimer Treffen hatte, dennoch aber immer bei seiner Familie geblieben war. Als nun die Mutter von Anton und Liesl starb, konnte Josephs Vater nichts unternehmen, musste hilflos zusehen, wie die beiden Nachbarkinder nach Berchtesgaden gebracht wurden.

„Letztendlich ging es Euch dann beim Zunftmeister Brandner sehr gut, doch mein

Vater hätte Dir gerne irgendwann gestanden, dass er dein Erzeuger sei. Solange dein offizieller Vater lebte, ging das aber nicht und später ergab sich keine Gelegenheit. Dies bereute mein Vater am Sterbebett sehr. Ich versprach ihm, Dir sobald wie möglich zu sagen, wer Dein leiblicher Vater ist, denn die Wahrheit soll ausgesprochen werden."

Schwindlig und verwirrt war Anton zumute, trotz der klaren frischen Luft, die ihm vom Königsee ins Gesicht wehte. Er konnte gar nicht richtig fassen, was er da gerade erfahren hatte, versuchte aber doch zu begreifen. War er nun etwa nicht verwandt mit seiner Schwester Liesl...doch, ja, sie hatten ja die gemeinsame Mutter. Und nun war da noch Joseph...er musste sein Halbbruder sein, wenn sie einen gemeinsamen Vater hatten. Plötzlich, genau in jenem Moment erfasste Anton, dass er nie einen besonders emotionalen Bezug zu seinem Vater gehabt hatte, zu seiner Mutter aber immer. Dennoch waren diese Neuigkeiten für ihn ziemlich umwerfend. Da brauchte es Zeit, sie zu verarbeiten. Oder war das alles nur ein unwirklicher Traum?

„Zwick mich mal", bat er Joseph. Dieser tat ihm den Gefallen. „Au, ja, das erlebe ich wirklich. Und ich kann davon ausgehen, dass du mir als Priester keinen Schwindel erzählst?" „Ja, gewiss, lieber Anton. Bin ja selber froh, dass ich´s Dir heute sagen kann. In meinem tiefsten Inneren wusste ich, dass Du eines Tages hierherkommen wirst. Und heute war der Moment!" Anton war noch verhalten, fast verlegen: „Dann wären wir ja verwandt...?" Joseph lächelte: „So ist das, Anton. Nun hatte ich ja schon länger Zeit als du, diese Wahrheit zu verarbeiten. Für Dich ist jetzt alles ganz neu, so wie ein Blitz aus heiterem Himmel! Doch hoffe ich, dass Du mit diesem Wissen umgehen kannst. Am besten sagst Du es auch nicht Deiner

Schwester. Ihr bleibt ja verwandt. Nur der Ruf Deiner Mutter könnte posthum leiden…Das wollen wir ja nicht."

Mit dem seltsamen Wort „posthum" konnte Anton nun gar nichts anfangen, doch verstand er die Botschaft.

„Richtig, es ist wohl besser, dieses Wissen bleibt nun bei uns." Sie gaben sich fest die Hand, fast sah es aus wie ein vereinbarter Schwur. Anton stand auf und schnürte sich den ledernen Rucksack wieder auf den Rücken. „Danke für Deine offenen und überraschenden Worte, Joseph. Ich brauche noch etwas Zeit um das Besprochene richtig zu begreifen. Doch das wird mir bestimmt gelingen. Jetzt geht´s erst mal wieder zurück. Wir bleiben in Kontakt, mein Bruder."

Mit neuer Energie und Entschlossenheit trat er den Rückweg über die Berge an. Mit dieser besonderen Eröffnung hatte er wirklich nicht gerechnet! Was für seltsame Wendungen das Leben bereit hielt! Anton spürte in sich so etwas wie Frieden und eine gewisse Erleichterung. Die Wallfahrt zu diesem besonderen Ort am Königsee hatte ihm mehr Klarheit für sein Leben gebracht. Und er hatte einen neuen vertrauten Menschen in seinem Leben gefunden: Joseph.

Das Wunderkind

Es war im Sommer 1769, als Anton wieder einmal in Salzburg durch die alten Gassen zu Frau Gruber wanderte. Diese Wege ging er in seinem aktuellen Alter von 64 Jahren immer noch mit derselben Leichtigkeit wie als 30jähriger. Nur sein Aussehen hatte sich etwas geändert. Seine ehemals dunklen Haare waren nun schlohweiß. Er hatte, wie immer, die neue Holzware hinten auf dem Rücken.

Plötzlich hörte er hinter sich ein lautes Geräusch. Beherzt musste er zur Seite springen, denn eine prachtvolle, schwer beladene Kutsche sprang mit Gepolter und hohem Tempo an ihm vorbei. Was bedeutete das? Anton schüttelte ob des waghalsigen Laufs der Pferde den Kopf. Schließlich war man hier in der Stadt und nicht im freien Gelände! Aufmerksam verfolgte er das schwere Gefährt, das nur zwei Gassen weiter, in der Getreidegasse, mit den keuchenden Pferden abrupt zum Stehen kam.

Der Verschlag öffnete sich und ein junger Knabe mit weißgepuderter Perücke von vielleicht zwölf oder dreizehn Jahren sprang übermütig heraus. Sofort war er von großem Gefolge umringt. Alle bemühten sich geflissentlich um ihn. Was für ein Aufruhr und was für eine Aufmerksamkeit um einen so jungen Menschen? Wer konnte dies sein? Anton war neugierig, wollte mehr wissen. Wen konnte man da fragen?

Eine vorbeihuschende Dienstmagd sprach er auf das seltsame Szenario an, doch diese fragte sogleich erstaunt zurück:

„Was denn...Du kennst den Mozart nicht? Unser Salzburger Wunderkind? Der hat doch schon Könige und Kaiser mit seinem Klavierspiel erfreut. Hier in Salzburg kennt ihn jeder!"

Anton war verlegen und trat von einem Bein aufs andere. Von diesem seltsamen jungen Menschen mit dem auffälligen Benehmen hatte er wirklich noch nichts gehört. Schließlich bestand sein Leben aus anderen, wichtigeren Dingen. Nicht aus Musik... Doch jetzt war er trotzdem neugierig. Er würde gleich mal bei Frau Gruber nachfragen, was es mit diesem Mozart auf sich hatte.

Die Handelsbeziehung mit Frau Gruber ging mittlerweile schon in das vierzigste Jahr. Sie war jetzt um die 80 Jahre alt und Anton sah ihr an, dass sie nicht mehr ewig weitermachen konnte. Ihre ehemals volle, schwarze Haarpracht war weißgrau und dünn geworden. Ein kleiner Dutt am Hinterkopf hielt den spärlich gewordenen Schopf zusammen. Sie war zittrig und ihr Gang wackelig geworden, doch ihre Augen blitzten immer noch hellwach und freundlich.

„Oh, Herr Anton, wie schön – kommen´ s herein." Mit einem kleinen Seufzer drückte sie die schwere Holztüre etwas weiter auf. „Ich habe noch etwas Kohlsuppe übrig…Wenn Sie möchten…!"

Ach, wie freute Antons sich immer wieder auf diese schönen Willkommensmomente. Frau Gruber hatte etwas Mütterliches und Beruhigendes für ihn. Kurz kam ihm noch sein aufregendes Erlebnis mit den Wegelagerern vor etwa 30 Jahren in den Sinn. Wie erleichtert er damals war, als Frau Gruber ihn versorgt hatte und Schutz für eine Nacht angeboten hatte. Wieder stieg ein warmes Gefühl der Dankbarkeit in ihm auf. Seit gut einem Jahr hatte er die alte Frau nicht gesehen. Die heimische Zunft hatte ihn mehrmals nach München und in die Schweiz geschickt. Aber eben nicht nach Salzburg.

Der Handel mit der Holzware ging schnell und einträchtig mit Frau Gruber vonstatten. Man vertraute einander. So war bald Zeit für ein kleines Mahl. Während Anton das trockene Brot in die kräftige Suppe drückte, war der Zeitpunkt für Fragen gekommen.

„Was ist denn mit diesem seltsam kostümierten jungen Mann los, der ein bekannter Musiker sein soll?", fragte er die Händlerin etwas unbeholfen.

„Was, denn, Anton...Sie haben noch nie etwas von Mozart gehört? Der ist doch überall im Land bekannt - sogar schon in Frankreich, England und Italien ist er aufgetreten. Er hat auch schon für die Kaiserin Maria Therese Konzerte gegeben. Die Adeligen in ganz Europa schätzen sein

Klavierspiel, seine selbstgeschriebenen
Opern! Auch seine Schwester, die Nannerl,
ist eine hervorragende Musikerin. Doch
tatsächlich ist der junge Mozart mehr noch
der umjubelte Schwarm. Ich habe ihn sogar
schon selber einmal gehört, als er im
Residenzgarten ein Konzert gab.
Phantastisch! Das vergesse ich mein Lebtag
nicht!"

Frau Gruber kam gar nicht aus den
Lobesreden heraus! Anton wunderte sich. So
begeistert und engagiert hatte er Frau
Gruber noch nie erlebt. Ja, dann musste es
wohl etwas Besonderes mit diesem Mozart
auf sich haben. Sie berichtete noch, dass der
Vater des Wunderkindes Hofkapellmeister
war, der nun aber vorrangig als Förderer
seiner Kinder und mit der Vermittlung der
Auftritte seines Sohnes an den großen
Bühnen dieser Welt beschäftigt war.

„Vor etwa zwanzig Jahren hat der Herr
Leopold seine Anna Maria hier im

Salzburger Dom geheiratet und die beiden hatten sieben Kinder. Doch nur die zwei, also der Wolfgang und die Anna, sind ihnen geblieben."

Als Anton diese Information über Mozart hörte, war er sofort wieder in seiner eigenen Vergangenheit, dachte an seine verstorbenen Geschwister und an seine Mutter. Der Tod machte wohl keinen Unterschied zwischen Arm und Reich. Es konnte jeden Menschen ganz schnell treffen. Unbewusst, ganz in Gedanken an die lieben Verstorbenen seiner Familie, schlug er das Kreuz über der Brust. Ein Gefühl von Demut und Dankbarkeit war da, Dankbarkeit dafür, dass er leben durfte. Doch manchmal fühlte er sich auch schuldig, schuldig, weil seine Geschwister dieses Glück nicht hatten.

Wie gut, dass er wenigstens noch seine Schwester Liesl hatte. Diese lebte nach wie vor in Berchtesgaden, mittlerweile war sie Witwe und Großmutter von zahlreichen

Enkeln. Ab und an besuchte sie Anton. Es gab da die familiäre Verbundenheit, das Band der gemeinsamen Erinnerungen an die karge Kindheit, die sie überstanden hatten. Auch nahm Anton an der Entwicklung seiner Nichten und Neffen und deren schon wieder vorhandenen Kindern lebhaft Anteil.

Derweil plapperte Frau Gruber ununterbrochen und euphorisch weiter: „Schon mit fünf Jahren hat der kleine Wolfgang seine ersten eigenen Stücke komponiert und als der Junge sieben Jahre alt war, ist die ganze Familie über drei Jahre auf Europareise gewesen; die waren mit ihren Konzerten in London und Paris…und ja, jetzt sind sie wieder hier in Salzburg und der junge Mozart soll sogar schon Konzertmeister der Hofkapelle sein. Denken Sie sich: mit dreizehn Jahren!" Nun konnte Anton nachvollziehen, dass dieser sich überschlagende Lebenslauf den jungen Mann auch einzigartig und besonders machte; er war ja gänzlich anders als der seiner Altersgenossen! Das schien ihm aber auch zu Kopf gestiegen zu sein. Der Auftritt in der vorbeistürzenden Kutsche war schon ein besonderes Schauspiel gewesen.

„Wenn Sie Glück haben, so können's vielleicht heute auch einen Hauch der göttlichen Musik erhaschen, Herr Anton", meinte sie. „Der Herr Mozart übt oft in seinem Haus, und wenn Sie beim Rückweg am Haus in der Getreidegasse vorbeilaufen, können Sie mal lauschen..." So recht war Anton nicht danach; er wollte umgehend wieder mit dem Erlös der Spielwaren nach Hause kommen, so schnell ihn seine Beine eben tragen konnten. Etwas Proviant, ein dick belegtes Brot mit Schmalz, Salat und etwas gebratenem Hendl, hatte ihm die gute Händlerin schon eingepackt. Leckerbissen, bei denen er sich schon jetzt auf die kleine Jause zwischendurch freute.

Schnell war die leichte Kraxe mit dem Proviant und dem Erlös auf dem Rücken und von Frau Gruber Abschied genommen.

Anton wusste, dass er fast so flink wie in seinen Jugendjahren war. Seine Füße kannten den vertrauten Heimweg. Vielleicht doch noch auf Frau Grubers Rat hören? Also noch den Umweg nehmen, mal schnell durch die genannte Getreidegasse laufen…Aufmerksam stapfte er flott durch die engen Gassen mit den hohen Bürgerhäusern, einmal wäre er fast in einer unübersichtlichen Ecke mit einem älteren, feinen Herrn mit kleinem Dackel zusammengeprallt. „So passen´s doch auf, Sie Tollpatsch!", rief dieser erschrocken und etwas erbost aus. Doch Anton war´s egal. Er wollte vorankommen. Gleich müsste er da sein! Eigentlich wollte er ja eher leichtfüßig vorbeischlendern, doch vor dem Mozarthaus hatte sich eine kleine Gruppe von Salzburger Bürgern versammelt, aufmerksam den Klaviertönen lauschend, die aus dem Fenster der ersten Etage drangen. Wie waren diese schön, unbegreiflich ...eben klang die Musik noch getragen und feierlich, dann sprang die Melodie in eine leichte, beschwingte Weise über, so etwas Wunderbares, Erhabenes hatte Anton noch nie gehört. Das ging aber nicht lange so, denn die feinen Musikläufe wurden durch heftige Ausrufe und Schreie unterbrochen. Was war das plötzlich für ein Durcheinander! Mit erschrockenen Augen starrte Anton hoch, die Fenster flogen auf, ein junger Kopf ohne Perücke zeigte sich und ein Stoß von Papieren ergoss sich über die lauschende Menge.

„Verschwinden Sie...Machen´s sich auf. Die Arien sind noch nicht fertig! Gehen´s ins Konzert und bezahlen´s verdammt nochmal Eintritt!"

Die kleine Schar der Zuhörer zog die Köpfe ein, war erschrocken, fühlte sich entdeckt, es kam Unruhe auf. Einige Bürger machten sich kopfschüttelnd auf den Weg. Was für ein eingebildeter Künstler! Aber gut war er schon. Anton beobachtete noch zwei junge Frauen, die ihre Köpfe mit den weißen Hauben tuschelnd und kichernd zusammensteckten, jede von ihnen sammelte ein herabgefallenes Notenpapier ein; dann liefen sie lachend mit dem Erhaschten davon.

Das war ein sehr kurzes Intermezzo gewesen, doch ein besonderes Schauspiel. Die Menschen schienen verrückt nach der Musik dieses jungen Mannes zu sein. Den „Mozart" musste er sich merken.

Spannender Heimweg

Der kleine Ausflug in die Getreidegasse hatte sich gelohnt. Da hatte er etwas in seinem Dorf zu erzählen! Es war immer etwas Besonderes, hier nach Salzburg zu kommen. Die Stadt hatte ein gewisses Flair, etwas Außergewöhnliches.

Dennoch fühlte er sich seiner Heimatstadt Berchtesgaden innerlich mehr verbunden. Daher war er in Gedanken schon wieder auf dem Heimweg. Noch war es hell und warm, Anton nahm seinen gewohnten Weg zum Stadtausgang.

Der Wald bot ihm Ruhe und Stille, hier war er für sich. Manchmal raschelte es im Unterholz...wahrscheinlich waren es Mäuse oder Vögel. Einmal sah er auch auf einer Lichtung ein Rudel Rehe mit ihren Kitzen, doch sonst schien er alleine auf der Welt zu sein. Heute kam er gut voran; die Trage war leer, die Hälfte des Weges war nach zwei Stunden schon geschafft. Für die wohlverdiente Pause suchte er sich eine übersichtliche Stelle am Waldesrand, dort, wo man ihn nicht sah, er aber einen guten Überblick über die Umgebung hatte. Es lag etwas Besonders, fast Magisches in der Luft.

Seine hölzerne Kraxe war an eine Fichte gelehnt, das leckere Brot von Frau Gruber gegessen. Wasser hatte er vorher mit einem kleinen Blechbecher aus dem nahen Bach geholt. Er hatte heute oft an den seltsamen Musiker gedacht. Aber noch mehr an die zahlreichen Begebenheiten in seinen jungen Jahren. Wahrscheinlich war diese seltsame Musik daran schuld, diese quirligen Triller und Klavierläufe, die der junge, wilde Musiker gespielt hatte. Es waren viele Bilder wach geworden...von sehr verletzlichen Momenten in seinem Leben, dem plötzlichen Tod seiner Mutter, den häufigen Kränkungen und Entbehrungen, die er in jungen Jahren erleben musste, den Verzicht auf ein Leben mit seiner geliebten Marie. Herrschaftszeiten, was diese paar Töne alles an Gefühlen bei ihm hervorgerufen hatten! Nun saß er ja im Wald, gut gestärkt vom leckeren Proviant. Doch irgendetwas lag noch in der Luft...was war es nur? Anton ließ seinen Blick durch die Umgebung schweifen. Alles war ruhig, nichts knackte ungewöhnlich. Eigentlich konnte er getrost weitergehen. Dennoch blieb er angespannt, hochkonzentriert. Sein Blick fiel auf etwas flirrend Glänzendes, Sonnenstrahlen tänzelten auf jener Stelle, zentrierten sich auf den Stamm einer alten Eiche. Vorhin waren an der mächtigen Rinde zwei hellbraune Eichkätzchen sich gegenseitig jagend hochgelaufen. Wie liebte er diese kleinen Schauspiele. Nun flogen von oben Äste und Eicheln herunter. Gleich mussten sie doch wieder runterkommen, um sich neu zu jagen. Doch die beiden wilden Gesellen blieben in der Krone sitzen.

Wieder glänzte etwas aus den Gräsern, nahe am kräftigen Stamm des alten Baumens. Was ihn nun genau dort hinbrachte, vermochte Anton im Rückblick auch nicht zu sagen. Doch zog es ihn magisch zur Eiche. Einmal ging er um sie herum… nichts…doch, da war es wieder…das kleine helle, feine

Glitzern. Er bückte sich, schob das Gras auseinander und fand einen größeren, runden Gegenstand. Recht schwer fühlte sich dieser an. Wie ein Taler. Es schien eine Münze zu sein. Wie war sie nur hierher, an diese einsame Stelle, gekommen? Vielleicht hatte sie ein früherer Händler verloren? Oder Räuber hatten sie hier versteckt? Der runde Taler war schwärzlich angelaufen, voller Erde, doch an einigen Stellen schimmerte es gülden. Anton spuckte vorsichtig darauf, dann rieb er mit seinem Hemdsärmel unbeholfen über die Münze. Sie schien längere Zeit in der Erde gelegen zu sein. Der Regen der vergangenen Tage hatte sie wohl freigelegt. Oder waren es die spielenden Eichkätzchen gewesen? Tatsächlich entdeckte er nun klarere Umrisse, Konturen...Jesses nein - es sah aus wie die heilige Madonna mit ihrer Krone. Auf dem Arm deutete sich das Jesuskind an. Was für ein schönes, feines Bild! Zwar wirkte die Münze etwas grob gemacht, nicht so differenziert wie das Geld, das im Umlauf war und welches er gerade in seiner Tasche nach Hause trug. Doch war dieser Fund etwas ganz Besonderes, das spürte er gleich. Anton nahm den kleinen wertvollen Gegenstand an sich, beschloss noch einmal um den Baum herumzugehen, fand aber nichts weiter. Diese Münze war wohl für ihn bestimmt. Er wollte es niemandem sagen. Die Madonna würde er nun als stete Begleitung, als Glücksbringer, mit sich tragen. Bis ans Ende seiner Tage!

Schnell hatte er sich wieder reisefertig gemacht, noch ein kurzes Dankgebet gesprochen und weiter ging es gen Berchtesgaden. Nun flogen seine Füße voran, juchhee, das war ein Lauf! Die Sonne war mittlerweile verschwunden und es wurde auch deutlich kühler. Ein Rotfuchs mit einem Mäuschen im spitzen Maul huschte jetzt über eine Lichtung, eine Amsel flog auf. Die Tiere des Waldes rührten sich, bald würde es dunkel werden und ihnen der Wald alleine gehören. Da wollte er auch nicht mehr dort sein. Anton hatte es nicht mehr weit. Er konnte schon den Geruch der Kaminfeuer aus den qualmenden Schloten der Berchtesgadener Häuser riechen. Bald würde er sein kleines Heim erreichen!

Marie

Früher, als er noch sehr jung war, gönnte er sich oft nach anstrengenden Touren zur Belohnung im Wirtshaus eine warme Mahlzeit. Das angebotene Essen dort schmeckte ihm gut, aber eigentlich wollte er in der Nähe von Marie, seiner nach wie vor unerreichbaren Liebe, sein. Mittlerweile war sie 22 Jahre alt und schon zweifache Mutter, ihre Kinder liefen in der Gastwirtschaft herum. Die junge Wirtsfrau hatte auch diesmal viel zu tun und trotz ihrer Jugend sah man ihr schon die Strapazen der täglichen Schwerarbeit an. Sie nahm die zahlreichen Bestellungen der Kundschaft entgegen, schleppte Servierbretter mit gut gefüllten Portionen von Schweinsbraten und Bierkrügen an die schweren Tische heran.

Gelegentlich musste sie sich auch derbe Bemerkungen der Gäste anhören. Dies erboste Anton, der in der hintersten Ecke der Schänke ein Bier trank und sie beobachtete.

Am liebsten wäre er ihr zur Seite gesprungen. Er saß oft lange vor seinem Essen ohne recht voranzukommen.

Leider konnte er Marie nicht wirklich helfen, sie musste alleine mit ihren rücksichtslosen Gästen klarkommen, denen das Warten auf Essen und Getränke oft zu lange erschien. Ihr Mann Xaver stand derweil hinter dem Tresen, hielt gerne ein Schwätzchen und machte keine weiteren Anstalten, seiner Frau zur Seite zuspringen. Anton sah auch mit wachsendem Zorn, dass Xaver mit seiner Frau, die auf dem Weg in die Küche war, grob und herrisch sprach. Das hatte Marie, die eher zart und früher fröhlich war, nicht verdient! Immer wieder erinnerte sich Anton noch an Maries Unterstützung in karger Kinderzeit. Das erwärmte sein Herz.

Einige Tage später, es war mittlerweile Herbst, es wurde abends früh dunkel, kühl und ungemütlich, da passierte etwas Unglaubliches in seinem Leben.

Die Kälte an diesem trüben Novemberabend kroch den Bewohnern Berchtesgadens in die Knochen und auch Anton fröstelte es. Er wollte sich daher noch etwas Brennholz für den Ofen holen, war deswegen an seinem Schuppen neben dem Haus am Sortieren. Plötzlich sah er die aufgelöste Marie vorbeilaufen, ihre Schürze war halb zerrissen. Sie weinte und humpelte.

„Kann ich Dir helfen?", fragte er in die Dunkelheit hinein.

Abrupt blieb sie stehen. „Bist Du's, Anton?", fragte sie vorsichtig.

„Ja, doch, was ist denn mit dir? Magst du kurz ´reinkommen um dich aufzuwärmen?", fragte er. Zunächst zögerte sie, dann hörte er sie plötzlich herzzerreißend aufschluchzen. „Vergelt´s Gott, Anton, mir kann keiner helfen!" Das klang sehr verzweifelt. Sie drehte sich auf der Stelle um, um weiterzulaufen, doch als sie bemerkte, dass weit und breit kein Mensch zu sehen war, ging sie doch schnell in die warme Stube mit hinein.

„Ach, wie ist es hier gemütlich bei Dir, Anton. Kann nur kurz bleiben, ich muss zurück zu meinen Kindern, ins Wirtshaus…", stammelte sie. Anton entdeckte, dass sie am Kopf eine dicke Beule hatte, auch ihr linkes Auge war dick geschwollen und sie hatte Blut an der Nase. „War das Dein Mann?", fragte er sie direkt, doch Marie druckste herum, wollte nichts sagen.

„Habe gerade einen Holundertee gemacht, da kriegst Du auch einen ab", meinte Anton. Er gab ihr ein sauberes Tuch. „Damit kannst du Dich etwas frisch machen." Marie blieb dann überraschend eine Stunde bei ihm. In der Stunde, in der Marie an jenem Abend bei Anton weilte, geschah etwas, das beide nicht vorhergesehen hatten. Kurz vor ihrem überstürzten Abgang nahm sie ihm noch das Versprechen ab, nie jemandem ihr Geheimnis, das sie seit dem Abend miteinander hatten, zu verraten. „Es hilft nichts, Anton, wir müssen einfach weitermachen. Ich muss mein Schicksal so annehmen, wie es eben ist. Meine Kinder brauchen mich!"

Mit diesen Worten schlüpfte Marie wieder hinaus in die dunklen Gassen, zurück in ihren kräftezehrenden Alltag und Anton blieb, überrollt von den aufregenden Ereignissen, verwirrt und einsam zurück.

Es schien auch niemand in der Nachbarschaft von dieser überaus heimlichen Begegnung etwas bemerkt zu haben. Nur Anton hatte wochenlang Mühe, das Geschehene zu verarbeiten. Bei langen Wanderungen durch die Alpen hatte er genug Zeit, Ruhe und Abstand zu dem ihn aufwühlenden Abend mit Marie zu bekommen. Auch nahm ihn dann zum Glück die laufende Produktion und Auslieferung der Holzwaren in der Vorweihnachtszeit stark in Anspruch.

Erst nach einem langen halben Jahr, im Mai des nächsten Jahres, wagte er sich wieder in die Gastwirtschaft. Wie würde die Begegnung mit Marie für ihn sein? Als er sie im Gastraum hin und her springen sah, spürte er sofort Aufregung und Unruhe in sich aufsteigen. Wie würde sie reagieren? Marie hatte ihn sofort bei seiner schüchternen Bestellung erkannt, ließ sich aber äußerlich nichts anmerken. Nur ein kurzes Aufblitzen in ihren Augen meinte er zu erkennen. Er bestellte ein kleines dunkles Bier und eine Brezelsuppe bei der zurückhaltenden Marie. Gleich darauf war sie schon geschäftig Richtung Küche gelaufen, um die Bestellung weiterzuleiten. Anton war leicht enttäuscht und gleichzeitig erleichtert. Irgendetwas war anders, er konnte seine ersten Eindrücke nur nicht richtig einsortieren.

Die Kinder von Marie und Xaver waren gewachsen, liefen spielend im Wirtshaus hin und her. Der stämmige Max brachte ihm schon vorab das kleine Bier.

„Vergelt´s Gott, Maxl, hier hast Du einen Kreuzer. Kauf Dir etwas für die Schule", meinte Anton. Der Junge mit dem blonden Schopf steckte das Geld zufrieden in die Tasche seiner rauen Lederhose.

„Dankeschön, Herr Anton, ich muss halt der Mutter mithelfen, denn bald gibt es hier wieder ein Geschwisterchen für uns." Anton rutschte aufgeregt hin und her. Das war es gewesen! Marie war schon wieder in anderen Umständen. Als Junggeselle hatte er leider keinen Blick dafür. Doch nun sah er auch, als sie die Suppe vor ihm abstellte, dass sich der Bauch unter der Schürze wölbte. „Guten Appetit", hauchte sie im Weggehen. Das war's gewesen. Anton war enttäuscht.

Fast eine geschlagene Stunde hielt sich Anton noch an seiner Maß Bier fest, dann musste er den Gasthof verlassen. Morgen ging es nach Bern, auch eine Auftragsarbeit des Instrumentenbauers Hölzl wollte er mitnehmen. Die Ablenkung würde ihm guttun, denn nun war Marie durch ihre dritte Schwangerschaft noch weiter für ihn weggerückt. Er musste sich seine heimliche Liebe ein für alle Mal aus dem Kopf schlagen. Endgültig.

Wanderungen und Geschäftstätigkeiten

Für die nächsten Monate hatte er sich noch intensiver in Arbeit gestürzt: Seine Wege als Trödler brachten ihn in die Schweiz und auch nach Tirol. Dafür war er wochenlang unterwegs. Wenn er nach längerer Abwesenheit erschöpft zurückkam, dann nutzte er die Zeit zum Verschnaufen. Auch hatte er angefangen einfache, warme Mützen zu stricken. Diese Fähigkeit hatte ihm noch seine Ziehmutter, Frau Brandner, beigebracht. Viele Jahre nach ihrem Tod hatte er sich daran erinnert. Eigentlich waren es Frauen, die strickten. Doch hatte er auch als Mann Freude daran gefunden. Schließlich war es ein ordentliches Handwerk! Doch bevor er seine Mitmenschen überzeugen konnte, musste er das Gelernte erst einmal für sich selber ausprobieren. Tagelang tüftelte er mit der erlernten Handarbeitstechnik an kleinen, angefertigten Musterstücken herum; dann fing er mit einer weißen Kappe an. Anton war selber überrascht, wie schnell er mit seinen Strickarbeiten vorankam. Ganz stolz hielt er die fertige helle Mütze in der Hand. Diese wollte er von nun an wie ein Erkennungszeichen stets auf seinen ausgedehnten Wanderungen tragen.

Mit der eingefärbten, groben Schafwolle kam er gut voran. Schon nach einer Stunde hatte er ein erstes sichtbares Ergebnis! Das machte ihm Vergnügen und ließ ihn ruhig werden. Nicht jeder Mann im Ort konnte diese Arbeit machen, die meisten wollten auch nicht. Doch weil seine Kappen schön warm und angenehm zu tragen waren, so waren sie bald gefragt. In der Regel brauchte Anton einen halben Tag für eine einfache Mütze. Dafür nahm er gutes Geld ein.

Mitunter nutzte er seine Wanderpausen, um zu stricken. Die Vesper war schnell eingenommen, aber die Strickarbeit hatte es ihm richtig angetan. Dabei musste er aufpassen, dass er die Zeit nicht vergaß. Fast war diese Form der Handarbeit für ihn wie eine Meditation. Er dachte an nichts, er hatte keine Eile. Er lebte für den Moment, der ihn beglückte. Da war es egal, an welchem Ort er sich gerade befand.

So gingen die Monate dahin, seine Holzwaren fanden den Weg in die Schweiz, nach Österreich und auch bis nach München war er gelaufen. Dieses Jahr hatte er noch gutes Geld für seine Strickwaren dazu erhalten, welches er für sich behalten und nicht an die Zunft abgeben musste.

Der Winter kündigte sich mit klirrender Kälte und Frost an. Nun würde er pausieren und es sich in seiner kleinen Hütte behaglich einrichten. Arbeit hatte er dort auch genug, denn er konnte Holz schnitzen und Ware für das Frühjahr fertigstellen.

Die nächsten zwei Jahre machte er einen Bogen um das Wirtshaus seiner Angebeteten. Erst im dritten Jahr nach dem seltsamen Ereignis mit Marie hatte er genug

Abstand zu ihr gefunden und ging wieder dorthin, um seine Semmelsuppe zu bestellen. Jetzt sprang auch das jüngste Kind von Marie, eine kleine Anna, durch den Wirtsraum. Es war ein hübsches Mädchen mit braunen Augen und dunklen, lockigen Haaren. Sie sah so anders aus als ihre blonden Geschwister.

Anton mochte das Mädchen sofort und beschloss spontan, ihm ein kleines Holzrössel zu schenken. Doch dieses musste er erst noch fertigstellen. Marie hatte ihn erblickt, doch sie lief einfach an ihm vorbei, wollte keine Bestellung aufnehmen. Seltsam. Er musste lange warten, bis die zweite Bedienung endlich kam und er seinen Essenswunsch loswerden konnte.

Für Anton war Maries abweisende Art nicht erklärbar, obwohl er sich ja ebenfalls die letzten Monate von ihr ferngehalten hatte. Er bereute sogar, überhaupt wieder einen Fuß in diese verqualmte Wirtschaft gesetzt zu haben. Maries abweisendes Verhalten irritierte ihn sehr. Sie war deutlich älter geworden. Die letzten zwei Jahre hatten sie verändert. Obwohl erst Mitte Zwanzig, so zeigten sich erste graue Strähnen in ihren dunkelbraunen Haaren, sie sah müde und übernächtigt aus. War Marie etwa krank? Jetzt machte Anton sich Sorgen um sie, doch hatte er überhaupt kein Recht, weiterhin an sie zu denken.

So schnell es ging, verschwand er wieder aus dem Dunst des bierseligen Gasthauses. Er schwor sich, dort nicht mehr hinzugehen und demnächst besser beim Bärenwirt einzukehren.

Überraschende Wendung

Doch schon einige Tage später, als er wieder schwerbepackt nach Tirol aufbrechen wollte, kreuzten sich seine Wege mit denen von Marie. Sie wollte auf dem kleinen

Bauernmarkt Besorgungen machen und hatte ihre drei Kinder dabei. Der kleine Max trug ihren Korb. Im Vorbeigehen flüsterte sie ihm zu: „Anton, es tut mir leid, dass ich vor einigen Tagen so garstig war. Ich konnte nicht offen sprechen, doch Du sollst es wissen, dass Anna eigentlich Deine Tochter ist. Du musst es für Dich behalten!" Anton glaubte seinen Ohren nicht zu trauen. Während Marie ihm diese Information im Vorübergehen eröffnete, hatte sich ihr Mienenspiel kaum verändert. Es sah so aus, als ob sie ihn nur kurz gegrüßt hätte und sie ein paar belanglose Worte ausgetauscht hätten. Schon war sie mit ihrer Kinderschar weitergelaufen, so als ob nichts gewesen wäre. Anton schwirrte der Kopf, doch stapfte er mechanisch weiter zum Ortsende, dann den Waldweg hinauf, auf dem vertrauten Weg weiter nach Tirol. Er würde jetzt viel Zeit brauchen, die Nachricht zu verarbeiten.

Sonntag

Der siebte Tag in der Woche war für Anton stets ein besonderer Tag. Am Sonntag durfte er mal seinen Alltag abstreifen und er ging, wenn er nicht gerade auf Wanderschaft war, gerne in den Gottesdienst. Er war von den vielen geheimnisvollen Düften eingenommen, die im Kirchenraum aufstiegen. Besonders Weihrauch roch er gerne, wenn der Pfarrer diesen bei feierlichen Momenten einsetzte. Auch die Ruhe, die bei der Predigt einkehrte, empfand er als heilsam. Da war er wohl eine Ausnahme, denn die anderen gestandenen Männer mit ihren Sonntagstrachten setzten ihre Schützenhüte mit Gamsbart schnell wieder auf und verließen dann fluchtartig die Kirche, sobald der letzte Choral einsetzte. Ihr Ziel war der Frühschoppen im nahegelegenen Wirtshaus. Doch Anton war anders. Er genoss diese Zeit und nahm jedes Wort, jeden Ton der feinen Orgel in sich auf. Es war für ihn eine seelische Stärkung, ein Aufbau, dieser Gottesdienst.

Stets steckte er nach dem Weggang der Gemeinde noch eine Kerze für seine verstorbenen Ahnen an: für seine liebe Mutter, seinen Vater und die drei verstorbenen Geschwister. In Gedanken war er bei ihnen. Danach ging er noch auf den Friedhof an die Stelle wo ihr Grab gewesen war. Anton hatte nicht mitbekommen, als die Grabstelle abgebaut und neu belegt worden war. Auch hätte er damals kein Geld gehabt, um die Grabstelle seiner Familie zu behalten. Darüber war er im Nachgang sehr betrübt. Auch wenn nun andere Menschen dort unten in der Erde lagen, so war dies doch die Stelle, wo er in ein Zwiegespräch mit seiner Mutter trat, ihr von seinem Leben berichtete, von seinen kleinen Erfolgen. Die Mutter wäre bestimmt jetzt sehr stolz auf ihn. In ihren Augen hätte er es zu etwas gebracht. Jetzt hätte er sie und die Geschwister mit seinen Einnahmen auch unterstützen können! Andere Friedhofsbesucher wunderten sich oft, Anton am fremden Grab des Schuhmachers zu sehen. Sie wussten nichts von dem früheren Grab seiner Eltern.

Trotz neuer Informationen von Joseph über seinen leiblichen Vater hatte sich das Verhältnis zu dem Mann, der ihn aufgezogen hatte, nicht wirklich verändert. Er wollte ihn in Ehren halten, denn dieser hatte so gut es ging versucht, sein Leben zu meistern. Leider war er früh gescheitert. Anton gab den wirtschaftlichen Umständen, die in seiner Kindheit geherrscht hatten, die Schuld für dessen frühen Tod. Was hätte er auch ohne große Ausbildung und unter schlechten Arbeitsbedingungen machen können? Die strengen Regeln im Ort beschränkten die Möglichkeiten.

In seinem inneren Dialog mit der Mutter berichtete er von seinen Gewerbehandel und seinen langen Reisen über die Berge. Er erzählte auch von dem versuchten Überfall der Wegelagerer und seiner wundersamen Rettung. Von seinem Pilgerweg nach St. Bartholomä, vom Priester Joseph und den neuesten Erkenntnissen zu seiner leiblichen Herkunft. Es schien Anton, als ob die Mutter antworten würde. Das Gespräch lief ja nur in seinem Kopf ab. Doch meinte er zu hören, dass die Mutter ihm zuraunte, dass sie verwundert darüber sei, dass diese Tatsache nun nach so vielen Jahren doch noch ans Licht befördert wurde.

„Ich hatte es vergessen, es ging ja nur ums Überleben, Anton. Bald kamen ja schon Deine weiteren Geschwister…erstaunlich, dass Dein leiblicher Vater sich doch noch seinem Sohn Joseph anvertraute! Vergelt´s Gott, so solltest Du es doch wissen", meinte er sie wispern zu hören. „Doch es ändert nicht viel, ich bin Deine Mutter und Du machst einfach weiter, Anton. Kümmere Dich auch um deine Schwester!"

Dann war es still. in Anton kehrte Ruhe ein. Ein Gefühl inneren Friedens erfüllte ihn. Er kniete noch einmal vor dem fremden Grab nieder, dann wanderte er voller Zuversicht zu seiner kleinen Hütte am Rande des Ortes.

Der Zimmermann

Vor seiner Hütte erwartete ihn eine Überraschung: Johann, der hünenhafte Zimmermann aus Görlitz stand etwas verlegen vor seinem Haus.

„Kennst Du mich noch?", fragte dieser unsicher.

„Natürlich, Du bist mir doch auf dem Rückweg von Salzburg begegnet, Du wolltest doch damals als wandernder

Geselle etwas Neues über das Zimmern lernen!"

Johann freut sich sichtlich. „Ja, genau, so war es, Anton. Meine Pläne habe ich dort auch umgesetzt und beim Bau eines Dachstuhls geholfen, auch bei weiteren Baustellen. Doch zog es mich weiter und nun bin ich in Berchtesgaden, habe aber noch kein Quartier. Der Gendarm hat mit gezeigt, wo Du wohnst und so habe ich hier auf Dich gewartet. Falls Du Platz für mich hättest, so würde ich dir helfen, Dein altes Häuschen zu reparieren. Dies natürlich nur so nebenbei, denn ich würde hier beim Bau einer großen Halle helfen. Da müssen viele Baumstämme verarbeitet werden. Was meinst Du, Anton?"

Eigentlich war Anton mit den Jahren eher einzelgängerisch geworden und er mochte die Zurückgezogenheit in seine Holzhütte. Doch hatte er genügend Platz für einen Gast auf Zeit. Die überraschende Möglichkeit

Hilfe bei der Renovierung seiner Hütte zu erhalten war nicht zu verachten. Er setzte großes Vertrauen in Johann und sagte daher spontan zu. Anton verbrachte einige abwechslungsreiche Monate mit dem neuen Bewohner. Johann war unterhaltsam und gleichzeitig genügsam. Er war mit dem Lager und der alten Decke des Ziehvaters Gruber zufrieden, die Anton ihm anbieten konnte. Die einfachen Mahlzeiten, die Anton zubereitete, schmeckten auch Johann. Besonders die Gemüsepfanne, die Anton in der gusseisernen Pfanne auf dem Holzofen brutzeln ließ. Nur die Portionen für ihn mussten zwei bis dreimal so groß sein, wie die von Anton. Meistens gab es frisch zubereitetes Gemüse und Kartoffeln aus dem Garten oder vom Bauernmarkt. Für Fleisch hatte Anton kein Geld. Doch hatte er auch beobachtet, dass Johann manchmal zusätzlich noch eine Brezn mit Weißwurst aß, wenn ein Bauherr eine Runde für seine Handwerker ausgab. Gut so, wenn sich auch noch andere um Johann kümmerten! Der fraß ihm sonst die Haare vom Kopf!

Johann blieb den ganzen Sommer über und so wurde mancher alte, morsche Balken in der wackligen Hütte durch einen neuen ersetzt. Anton unterstützte bei den Handwerksarbeiten, so gut er konnte. Da er von Statur her eher klein war, konnte er bei den Handreichungen helfen, doch die Hauptarbeit leistete Johann. Anfang September hatte Johann ihm noch beim Winterholz machen geholfen. Die Axt flog und die Holzscheite sprangen unter seinen großen Händen spielerisch auseinander.

Johann war heute besonders gut gelaunt, denn sie hatten Richtfest gefeiert und er hatte schon eine Maß Bier trinken dürfen.

„Weißt Du, Anton, ich hatte hier bei Dir in Berchtesgaden eine sehr gute Zeit. Habe viel gelernt und die Menschen waren anständig zu mir. Schau mal, was ich alles in mein Buch eintragen konnte."

Stolz präsentierte er Blätter voller Skizzen und Beschreibungen seiner handwerklichen Leistungen. „Noch eine Woche lang muss ich Aufräumarbeiten machen, dann ist es geschafft und ich werde weiterziehen. Aber ich muss Dir sagen, dass ich hier sehr glücklich war. Du warst ein guter Herbergsvater, lieber Anton." Er klopfte ihm anerkennend auf die Schulter. Anton hatte sich an die Anwesenheit von Johann gewöhnt und es fiel ihm schwer, daran zu denken, dass dieser weiterwandern musste. Die letzten Strahlen der Abendsonne glitten über Johanns Gesicht und ließen den kleinen Ohrring funkeln, den er stets am linken Ohrläppchen trug. Seltsam, danach hatte Anton ihn nie gefragt. Zwei Tage später kam Johann nicht von den Aufräumarbeiten an der ehemaligen Baustelle zurück. Anton wunderte sich sehr. Erst am nächsten Morgen erfuhr er, dass es einen tragischen Arbeitsunfall gegeben hatte. Ein ungesicherter Holzblock war herabgestürzt, hatte Johann am Hinterkopf getroffen. Er war sofort tot.

Dieses tragische Ereignis um seinen Freund traf Anton sehr, doch nicht nur ihn. Das ganze Dorf trauerte mit. Es passierten ja immer wieder schwere Unfälle auf den Baustellen und es gab auch andere Unfälle mit dem Vieh und den Ackergeräten. Schwere Unglücke begleiteten das Leben der Alpenbevölkerung ständig. Doch dass es gerade den lebenslustigen und vitalen Johann traf, war für viele Bewohner schwer begreiflich. Johann war sehr beliebt gewesen. Letztlich fand sich die Bevölkerung mit den stets wiederkehrenden Unfällen ab. Nun war der freundliche Riese, der Auswärtige, nicht mehr unter ihnen. Gott habe ihn selig. Der Zimmermann wurde im hinteren Bereich des Friedhofs begraben und Anton erfuhr nun auch, warum Johann immer so großen Wert auf seinen goldenen Ohrring gelegt hatte: Von dessen Erlös konnte der Holzsarg und die kleine Trauerfeier bezahlt werden. So musste die Gemeindekasse nichts bezahlen und Johann belastete niemanden in der Gemeinde. Wie umsichtig dies doch von seiner Zunft gedacht war! Anton sorgte dafür, dass der Bürgermeister das Zunftbuch von Johann erhielt, damit er dieses zusammen mit der traurigen Nachricht nach Görlitz bringen konnte. Dies war ein kleiner Dienst, den er dem freundlichen Zimmermann noch erweisen wollte.

Gefährliche Wanderung

So war Anton wieder allein in seinem Alltag. Er vermisste Johann, seine zupackende Art und den regen Austausch, den sie abends gehabt hatten. Anton spürte, dass er Abstand zu dem dramatischen Ereignis brauchte. Die Zunft bat ihn darum Ware auszutragen. Es war wieder eine größere Tour geplant.

Wie war Anton froh über die Abwechslung, bald wieder gen Tirol aufbrechen zu können! Er wollte seinen Kopf frei von den erschütternden Ereignissen haben; schon fing das Laub an langsam bunt zu werden. Der Herbst hatte sich angekündigt. Noch waren die Wetterverhältnisse stabil; er konnte vor dem rauen Winter nochmals eine etwas längere Tour wagen. Bunt angemalte Holzschachteln sollte er zu den Kunden bringen. In dem nun angestrebten Dorf war er noch nie gewesen. Das war Neuland für ihn. Er hatte nur davon gehört, dass dort die Holzschachteln sehr gefragt wären. Dafür musste er entlang des Kaisergebirges wandern. Er hatte etwa eine Woche an Auswärtszeit eingerechnet. Schwerbepackt wie immer, stapfte er gegen Morgengrauen mit seiner Kraxe los. Noch war es recht still in Berchtesgaden, doch die Vögel hatten schon ihr Morgenlied begonnen und aus dem Haus des Bäckers duftete es nach frischen Semmeln. Anton erstand schnell noch eine und verstaute sie in der Trage. Viel Persönliches hatte er meistens nicht dabei; nur ein paar Kleinigkeiten, die er für den Notfall brauchte. Wasser gehörte nicht dazu, denn das fand er in der Natur.

Insgesamt kam er gut voran, gerade am ersten Tag. Er schaffte es etwa 30 Kilometer weiter bis zu einem kleinen Weiler, wo er eine Nacht in einem Heuschober schlafen durfte. Für eine seiner selbstgestrickten Mützen hatte ihm die dortige Bäuerin die Übernachtung im Heu angeboten, dazu gab es am Morgen noch einen Becher frische Milch und eine große Scheibe Landbrot. Eine grobe Scheibe hatte ihm die Bäuerin noch zum Abmarsch dazu gegeben. Dies sollte sein Proviant sein. Blaubeeren hatte Anton zuvor noch selber aus dem Wald, nahe des Weilers, mitgebracht. Das Beerenobst hatte er an einem kleinen Bach gewaschen, denn verschmutzten Beeren könnten seine

Gesundheit gefährden. Die Tiere im Wald konnten die Beeren verunreinigt haben.

Gleich am nächsten Morgen, als er loslaufen wollte, wurde er noch einmal aufgehalten. Eine ältere Bürgerin in feiner Tracht kaufte ihm eine weitere Mütze ab. Es hatte sich wohl herumgesprochen, dass seine selbstgefertigte Ware von guter Qualität sei. Auch kaufte sie ihm noch einen kleinen geschnitzten Hund ab. Anton war sehr zufrieden mit dem überraschenden Geschäft.

Der Tag versprach gut zu werden! Ein wenig Platz hatte er nun frei in seiner Kraxe, dafür war er um ein paar Kreuzer reicher. Die ersten Geschäfte liefen schon hervorragend und seine Laune stieg. Doch jetzt wollte er sich konzentrieren. Es lag noch ein großes Stück des unbekannten Weges vor ihm. Ob er es bis zum Zielort in Tirol schaffen würde, war fraglich. Doch warum machte er sich so viel Druck? Wenn er überall, wie hier, freundliche Kunden fand, dann konnte es getrost so weitergehen!

Etwas frischer als sonst war heute früh der Wind zu spüren. Auch die Sonne kam nicht zum Vorschein. Doch er wollte vorankommen. Gegen Nachmittag näherte er sich dem Gebirge Wilder Kaiser mit seinem beeindruckenden Panorama und den schneebedeckten Felsenzinnen. Da musste er nun ein Stück entlanglaufen, nicht aber über die Höhen wandern. Das erschien ihm machbar. Anton war sich sicher, diesen Weg bewältigen zu können. Doch je mehr er voranstapfte, um so frischer und kühler wurde es; überraschend kamen ihm einzelne Schneeflocken entgegen, es wurde unangenehm kalt. Anton erkannte, dass er einen Fehler gemacht hatte.

Von einem Augenblick zum nächsten fielen beständig dicke Flocken vom Himmel. Das Wetter hatte abrupt gewechselt; aus der frühen Herbstidylle wurde jäh ein richtiger

Schneesturm. Gleich konnte er fast nicht mehr den Waldesrand sehen, der eben noch vor ihm gelegen war! Sein Bauch krampfte. Es war höchste Gefahr. Anton stapfte blindlings voran und war dann doch mit größter Anstrengung am Waldesrand angekommen. Er brauchte Schutz. Vielleicht gab es dort etwas Sicheres, eine Hütte oder irgendeinen Unterschlupf...? Unruhig und angespannt suchte er die nahe Umgebung ab. Nichts, gar nichts konnte er finden. Es gab keinen sicheren Unterstand weit und breit. Nur Tannen, die immer weißer und deren Äste immer schwerer wurden, das war nicht der richtige Platz, um sich zu schützen. Instinktiv wusste er auch, dass er sich auf einer offenen Fläche am besten in den Schnee vergraben musste.

Doch dann entdeckte er eine Art Unterstand: ein kleiner Felsvorsprung, der sogar von einer Seite abgesichert schien. Es war eine Schneenische an einem Steilhang! Mit kräftigen Schritten ging er voran. Er duckte sich hinein, war zunächst froh keine Flocken, keine Nässe auf der Kappe zu spüren. Für den Moment fühlte er sich sicher. Doch eben nur für einen Moment. Weit und breit gab es keine menschliche Ansiedlung. Keiner würde nach ihm suchen, das war klar. Er war auf sich alleine gestellt.

Die nächsten Stunden beobachtete Anton, wie sich der Schnee immer weiter auftürmte. Jetzt war die Schneedecke so hoch, dass er in ihr stecken bleiben konnte. Mittlerweile wurde es schon dunkel. Anton bereute, aus dem letzten Ort fortgegangen zu sein. Jetzt blieb ihm nichts anderes übrig, als sich für die Nacht einzurichten. Es ging ums Überleben. Er brauchte Wärme, ein Feuer musste her. Mit klammen Händen suchte er in seiner Kraxe nach den Feuersteinen. Wie gut, dass er sie immer dabeihatte, seine Notversicherung. Doch er benötigte nun brennbares Material und Zunder. Die Kälte kroch Anton in die Glieder. Jetzt durfte er nicht aufgeben, sondern musste schnell und umsichtig handeln. Anton kannte viele dramatische Geschichten von Verirrten, von Wanderern, die vom Wetter überrascht wurden. Doch Angst und Panik konnte er nicht zulassen. Er hatte von seinem Ziehvater Brandner immer wieder genau erzählt bekommen, was in einer derartigen Notlage zu tun war. Er wollte ein Jägerfeuer machen. Dafür benötigte er möglichst viel trockenes Holz. Kein leichtes Unterfangen in dieser rauen Schneelandschaft. Erste kleine Äste fand er tatsächlich noch beim Unterstand. Sie waren relativ trocken. Eigentlich wäre hartes Holz gut, denn das gäbe eine langanhaltende Glut. Doch musste er mit dem zufrieden sein, was er fand, und das war dürres Tannenholz. Eigentlich war es sehr nass, doch durch das Harz darin könnte es gut brennen. Anton wollte gleich vor Anbruch der Nacht alles fertig machen. Er suchte Tannenzweige, alte und auch frische. Diese schnitt er mit seinem Messer ab. Er baute sich daraus einen Windfang und Schutz, eine Zweighütte. Dem felsigen Unterstand gegenüber stand eine mittelgroße, fast eingeschneite Fichte. Um ihren Stamm herum wollte er die Hütte bauen. Dazu schüttelte er sie, so gut er konnte. Der Schnee sollte abfallen. Dann brach er die unten wachsenden Zweige ab. Leicht schräg stellte er sie zum Stamm auf. Nun versuchte er sie mit einer Art Kordel zu umwickeln. Alles gelang ihm nur sehr grob, aber unter den Zweigen entstand doch nach und nach ein kleiner Platz, der ihm als Nachtquartier dienen konnte. Er festigte den Stand der Äste, in dem er den Schnee drumherum festklopfte. Der Unterschlupf könnte seine Rettung sein! Er wusste, dass er sich jetzt bewegen musste und dass es mit seinen Übernachtungsplänen schnell umgesetzt sein müsste. Das Feuer würde das Wichtigste werden! Ohne Wärme sähe es schlecht um ihn aus. Reste von Grashalmen entdeckte er am Rande des Unterstandes. Dies alles war verwendbar, da brennbar. Not macht erfinderisch! Anton konzentrierte sich, so gut er konnte. Sein Ziehvater hatte mit ihm als Kind geübt, Feuer zu machen. Auch kannte Anton mehr als genug Geschichten von Kraxenträger seiner Zunft, die unverhofft während ihrer Wanderungen in akute Gefahr geraten waren. Dieses Überlebenswissen wurde von Generation zu Generation weitergegeben. Nun konnte Anton prüfen, ob er gelernt hatte. Er legte die Äste kreuzförmig über zwei parallele Äste, verband diese mit einem dünnen Band. Diesen Vorgang wiederholte er, verdichtete die Kreuzungsstelle der Hölzer. Darunter brauchte er noch etwas Platz. Zunächst musste er mit Zunder eine erste Anzündstelle schaffen. Da er kein trockenes Heu, Moos oder die Reste eines Vogelnestes hatte, benutze er etwas Wolle aus den Tiefen seiner großen Kraxe als Zundermaterial. Mittlerweile hatte der Wind nachgelassen, es schneite nicht mehr und es war kalt geworden. Es wurde Zeit, das Feuer anzukriegen, sonst würde er erfrieren. Mit klammen Fingern schlug er die Feuersteine gegeneinander, immer wieder und wieder. Kleine Funken schlugen aus ihnen, doch zunächst reichte es nicht für einen Funkenflug. Anton kam trotz der Kälte ins Schwitzen - Angstschweiß. Er musste ruhig werden, einfach ruhig und weitermachen. Anton drehte sich noch einmal weg vom Wind, damit er den leichten Zug hinter sich habe. Plötzlich dann ein Funkenflug unter seinen Händen, ein heller Strahl und ehe er sich versah, glomm es aus dem Zundermaterial heraus. Schnell, aber vorsichtig pustete Anton in das Glutnest hinein. Kleine Flämmchen zeigten sich und fraßen sich durch die Wolle. Jetzt musste der Übergang klappen! Er hielt ein dünnes Zweiglein hinein, es knisterte. Noch wollte es nicht angehen. Hastig schob Anton weitere Wolle nach. Auch etwas vom trockenen Gras dazu. Das roch nicht so gut. Doch egal. Es ging nur darum, möglichst lange das Feuerchen am Brennen zu halten. Erleichtert bemerkte er, dass jetzt auch das Ästchen anfing zu glimmen. Es duftete nach frischen Nadeln und Harz. Mit viel Geduld konnte er die Flamme größer bekommen und bald brannte seine Feuerstelle.

Er war sehr glücklich, als er schließlich die eingewickelte Brotscheibe fand, die er am Morgen als Proviant in die Seite der Kraxe gelegt hatte. Zumindest hungern musste er nicht gleich. Heißhungrig verschlang er das Brot. Mehr hatte er nicht. Zuvor hatte er Schnee in seinen kleinen Blechbecher, den er immer bei sich hatte, gefüllt und es über der Feuerstelle erhitzt. So hatte er etwas heiße Flüssigkeit zum Trinken. Anton war über sich selber erstaunt, wie er funktionierte. Die anschaulichen Erzählungen und genauen Anweisungen seines Ziehvaters, aber auch von anderen, in Not geratenen

Bergwanderern, waren bei Anton noch präsent. Beunruhigend war nur die Nässe. Besonders spürte er diese an seinen Gliedmaßen. Er wollte sehen, dass er seine Füße und die Hände noch warmhalten konnte. Der Trödler hielt sich am Feuer auf, doch dann brannte es herunter und er kroch unter in seine fertiggestellte Zweighütte. Zuvor hatte er noch Tannenzweige an den Boden des improvisierten Unterschlupfs gelegt und seine dünne Decke für Übernachtungen. Ihm ging durch den Kopf, dass er gerade allein auf der Welt sei, so fühlte er sich. Doch gleichzeitig dachte er, dass er eine Aufgabe hatte. Er wurde gebraucht. Die Zunft setzte auf ihn und seine Aufgabe war wichtig. Er wollte die Bewohner seines Ortes nicht enttäuschen. Sie warteten auf die Verkaufserlöse. Seine Gedanken gingen auch noch zu Marie und Anna, seiner Tochter. Was für ein Wunder, dass er der Vater war. Für sie wollte er doch da sein, wenn auch nur im Hintergrund.

Fröstelnd und erschöpft fiel er sitzend in einen tiefen, traumlosen Schlaf. Wie er die Nacht überstanden hatte, wusste Anton nicht. Beim Aufwachen war er von der seltsamen Umgebung, die sich kalt und fremd anfühlte und nach abgestandenem Rauch roch, überrascht. Wie kam er überhaupt hierher? Langsam setzte die Erinnerung ein. Richtig, er war in einen heftigen Schneesturm gekommen, und dies tatsächlich mitten im Spätsommer!

Im Moment war er überrascht, dass er überlebt hatte. Vorsichtig fing Anton an, sich langsam zu bewegen. Alle seine Glieder waren verkrampft und fühlten sich schrecklich kalt an. Nur sein Herz, das bummerte, schlug heftig. Der Kopf, ständig vorne über gebeugt, schmerzte, besonders auch der Nacken. Alles tat ihm weh, einfach alles. Nur der linke Fuß nicht so sehr. Anton bewegte auch ihn. Irgendwas war nicht in Ordnung. Doch das würde er später sehen.

Erstmal aus dem Unterschlupf kommen! Auf allen Vieren kroch er aus seinem seltsamen Unterschlupf heraus. Die weiße Landschaft erstreckte sich um ihn herum. Alles war still. Anton fühlte sich einsam. Sehr einsam.

Wenn er nur wüsste, wie weit es bis zum nächsten Dorf war? Bleiben konnte er hier nicht. Zu essen hatte er auch nichts mehr. Er fror und zitterte und der Magen meldete sich. Warum nur sah es, bei allem Dilemma um seine Lage, trotzdem so wunderschön friedlich um ihn herum aus? Anton besann sich. Zuerst musste er irgendwo seine Notdurft verrichten. Danach trank er noch von dem geschmolzenen Schneewasser aus seinem Becher.

Auf jeden Fall brauchte er dringend Nahrung und neue, warme Kleidung. Und er musste schleunigst weiterkommen, in belebtes Gebiet, bevor neuer Schnee hereinbrach. Zum Glück hatte es in der Nacht nicht mehr geschneit und an einigen

Stellen war die weiße Decke schon wieder am Tauen. So fand Anton nach einigem Suchen einige angefrorene Waldbeeren, die er sogleich aß. Bei Tagesanbruch war es ihm jetzt möglich sich genauer zu orientieren. Er musste sich Richtung Westen bewegen. Einfach vorankommen wollte er, soweit konnte es doch nicht bis zu seinem Zielort sein! Als Anton nach einer hastigen halben Stunde fertig zum Aufbruch war, waren auch die Lebensgeister wieder da. Vorsichtig stapfte er durch die Schneedecke, Schritt für Schritt. Seltsam war nur, dass er wenig Gefühl in seinem linken Fuß hatte. Er fühlte sich ziemlich taub an. Anton verdrängte diese Tatsache, bloß schnell weiter und so humpelte er voran; durchhalten musste er ja ständig und zäh war er von Natur aus. Seine Kraxe war schwerer geworden, da er jetzt noch eine durchnässte, schmutzige Decke dabeihatte. Zunächst ging er ziemlich orientierungslos voran, doch nach einer halben Stunde wurden die Witterungsverhältnisse immer besser. So schnell, wie der Schnee gekommen war, so schnell war er auch wieder verschwunden. Fast kam ihm das Erlebte wie ein böser Albtraum vor. Die spätsommerliche Landschaft hielt gerade wieder erkennbare Wanderwege für ihn bereit, dunkelbraune und schwarze Amseln waren in bunten Herbstlaubzweigen zu sehen und zu hören; die Temperaturen waren mild und erträglich. Nach einer weiteren halben Stunde traf er auf einen Bauern, der mit seinem Ackergaul unterwegs war. Obwohl Anton nur nach dem Weg fragte, Kirchbichl war noch immer sein Ziel, und er weitergehen wollte, so erkannte der lebenserfahrene Mann die gefährliche Lage des humpelnden Kraxenträger. Kurzentschlossen setzte er Anton aufs Pferd und brachte ihn zum nächstgelegenen Dorf. Dort wussten sie genau, was zu tun war, denn sie kannten die Gefahren der winterlichen Wettereinbrüche. Oft schon waren Reisende überrascht worden, auch Tote hatte es gegeben. Der Dorfälteste vermittelte den angeschlagenen Anton in die Obhut einer Witwe. Er bekam zu essen und ein einfaches Quartier. Anton merkte schon, wie schwach er war, sein Körper konnte einfach nicht mehr. Fieber stellte sich ein. Dazu noch der blau angelaufene Fuß! Der Pfarrer wurde gerufen und entschied, dass der Viehdoktor vorbeischauen sollte. Ein anderer Arzt war gar nicht zur Stelle und bezahlen konnte Anton diese Behandlung auch nicht. Letztlich wurde ihm der kleine, erfrorene Zeh amputiert. Man hatte ihm reichlich Alkohol gegeben, damit er die Schmerzen aushalten konnte. Doch schließlich war die große Fürsorge der Dorfbewohner Antons Rettung. Acht Tage brauchte er, bis er wieder halbwegs stabil war. Er musste sehr viel schlafen und Fieber hatte er auch. So lange war er noch nie in seinem Leben krank gewesen. Der kleine Stumpf am Fuß, der grob geschützt war, tat noch immer weh.

Doch allmählich kamen die Lebensgeister zurück: Anton wollte nun einfach nach Hause. Es ging aber nicht. Er musste sich gedulden. Die letzten Tage hatte er angefangen, Mützen zu stricken: eine für seine Wirtin, die ihm so geduldig Herberge bot, und zwei für die kleinen Kinder, die als Halbwaisen auch Unterstützung brauchten. Seine mitgebrachte Schafwolle war bald verbraucht, aber Anton war froh, dass er auf diese Weise etwas zurückgeben konnte.

Er war zwar nicht bis zu seinem Zielort Kirchbichl gekommen, aber er geriet deshalb nicht in finanzielle Not, denn die Menschen vor Ort kauften ihm einen guten Teil seiner Ware ab.

Erst zwölf Tage später war Anton in der Lage zurückzulaufen. Bestimmt würden sie sich in Berchtesgaden große Sorgen machen. War ihr Anton unter die Räuber gekommen? Oder war er unter einer Lawine verschüttet worden? Seit mehr als einer Woche wurde seine Rückkehr erwartet. Doch dem Trödler war es nicht möglich, ein Lebenszeichen zu geben.

Endlich war es doch soweit, dass er starten konnte. Er verabschiedete sich von der Witwe, die den freundlichen Mann gerne länger beherbergt hätte. Doch ihn zog es heim.

Mit leichter gewordenem Gepäck humpelte er zunächst unsicher voran. Der linke Fuß tat beim Auftreten weh. Er biss die Zähne zusammen und weiter ging´s. Nach einiger Zeit hatte er den Schmerz verdrängt und er kam gut voran. Auch das milde Herbstwetter motivierte ihn. Der mühselige Rückweg war deutlich anstrengender und schmerzhafter, als er geplant hatte. Der dauerte nun ganze vier Tage lang. Immerhin kam er in kein Unwetter.

Und wie waren die Menschen in Berchtesgaden froh, als er wieder heimkehrte! Wie ein Lauffeuer ging die freudige Nachricht seiner Rückkehr durch den Alpenort. Seine Schwester Liesl brachte ihrem Bruder überglücklich einen Korb voller guter Dinge. Im Schlepptau hatte sie ihre Kinder. Anton saß erschöpft aber zufrieden in seiner Hütte. Sie versorgte ihn mit einer warmen Kartoffelsuppe. Auch seine kleinen Neffen begrüßten ihren Onkel neugierig. Sie wollten natürlich auch etwas von seiner abenteuerlichen Wanderung hören. Später am Abend kam sogar noch eine Abordnung der Zunft. Anton wurde zu seinen Erlebnissen befragt, übergab seine Erlöse. Ihm wurde aufgetragen, sich für einige Zeit zu schonen. Die Zunft wollte für ihn sorgen.

Methusalem

Anton war nun schon im 85. Lebensjahr. Für seine Mitmenschen ein „Methusalem", ein außergewöhnlich alter Mensch. Wurde er in früheren Jahren seines Lebens in seinem Ort kaum beachtet noch besonders begrüßt, so änderte sich dies nun mehr und mehr. Jetzt war er eine ungewöhnliche Erscheinung. Es gab wenige Menschen, die so alt wie er waren.

Anton ging nach wie vor seinen Geschäften nach. Seine Einstellung zum Leben hatte sich aber geändert. Er hatte gelernt, gelassener zu sein, den Dingen ihren Lauf zu lassen. Alle Geschehnisse hatten einen höheren Sinn, wenngleich er diesen nicht immer verstand. Es gab so viele geliebte und vertraute Menschen, die schon vor ihm gegangen waren. Alle waren sie jünger als er gewesen. So auch seine Schwester Liesl, ebenso ihre Söhne, seine Neffen. Sie hatten alle nur ein so kurzes Leben gehabt. Auch seine Marie war schon lange tot, ebenso seine geliebte Tochter Anna. Doch die Enkeltochter war da, die Agnes. Sie war selber schon wieder eine junge Frau und sie wusste, dass er ihr Großvater war. Das machte ihn froh. Agnes sah ihrer Oma, Marie, sehr ähnlich. Anton freute sich über ihre Anwesenheit, denn durch Agnes wurde er an die geliebte Marie erinnert, auch über deren frühen Tod hinweggetröstet. Anna hatte es nun leichter als ihre Oma und auch ihre Mutter: Die sehr starren Strukturen im Ort hatten sich etwas gelockert. Über Zunft- und Standegrenzen hinweg durften die jungen Menschen sich nun finden. Vielleicht lag es daran, dass es in Frankreich eine bürgerliche Revolution gegeben hatte und die selbstbewussten Bürger nach neuen Lebensformen suchten. Ein Hauch der Aufbruchsstimmung in Europa war auch hier in Berchtesgaden angekommen, obwohl Anton eher für die alten Staatsformen war. Für ihn war es gottgegeben, dass es gewisse Hierarchien gab, dass der König der oberste Herrscher seines Landes war. Anton stellte diesen Anspruch nicht in Frage. Doch seine Enkeltochter war anders, selbstbewusst stellte sie alte Vorstellungen in Frage, wollte ihr Leben nach ihren Vorstellungen gestalten.

Sie hatte einen Arbeiter, einen einfachen Mann aus dem fernen Tirol geheiratet. Dieser war auf der Suche nach Broterwerb in Berchtesgaden gelandet. Schon als Schulkind war Agnes aufgeschlossen und neugierig gewesen. Sie ließ sich von ihren Eltern nicht alles sagen und widersprach gerne. Auch von den Lehrern und Mitschülern ließ sie sich nicht unterkriegen. Sie wollte ihren eigenen Weg gehen, nicht dem entsprechen, was von ihr erwartet wurde. Ein innerer Kompass schien sie zu leiten. Trotz seiner eher konservativen Art hatte Anton sie in ihrem Verhalten gestärkt. Er fand ihre mentale Stärke, ihren starken Willen beeindruckend. So hatte sie sich sogar durchgesetzt und einen Männerberuf erlernt. Agnes wurde Schreinerin, so wie sein wandernder Freund damals, der Johannes. Normalerweise sollte man für dieses Handwerk eine gute körperliche Kraft mitbringen. Schwere Balken zu transportieren war für junge Frauen nichts. Doch Agnes hatte sich auf das Entwerfen und Bauen von Tischen und Stühlen konzentriert und da wurde sie eine wahre Meisterin. Schon nach wenigen Jahren war ihr Können anerkannt und ihr hergestelltes Mobiliar gewann einen gewissen Ruf in der Bürgerschaft. Agnes wusste, dass sie eine Art Paradiesvogel unter den Handwerkern war. Viele Männer im Dorf hatten sogar etwas Angst vor ihr. Eine Frau die Handwerkerin war, wurde argwöhnisch beobachtet.

Doch der aus Tirol eingewanderte Hans fand das Tun seiner Liebsten ganz normal. Er war offen und tolerant, bewunderte sie für ihr Durchsetzungsvermögen. So wurden Antons Enkelin und der Tiroler ein glückliches Paar. Den Segen vom Großvater hatten sie jedenfalls. Die beiden hatten sich am Rand von Berchtesgaden eine kleine Hütte gebaut und sogar Ackerland erworben. Das Land wurde von Hans bestellt. Agnes besuchte Anton mindestens einmal die Woche. Sie ließ sich von ihm die alten Geschichten rund um ihre Großmutter Marie erzählen. Auch waren die Ansichten von Anton für sie sehr bedeutend. Ihr Großvater war zwar immer ein Eigenbrötler gewesen, aber sie war von seiner mentalen Stärke und seiner Lebenserfahrung stark beeindruckt. Da ihre Mutter Anna und auch ihre Großmutter schon lange verstorben waren, war er für sie nun mit der engste Vertraute auf ihrem Lebensweg.

Vor fünf Jahren hatte seine Enkelin einen Sohn bekommen, ihren einzigen, den sie „Anton" nannte. Was war Anton glücklich, als er von dessen Geburt erfuhr und dass er auch noch seinen Namen trug. Jetzt hoffte er inständig, dass dieser Anton ihn überleben würde, damit er irgendwann in dem

Glauben einschlafen konnte, dass es weitergehen würde.

Es gab darüber hinaus für Anton eine Art Überlebensstrategie. Um die vielen neuartigen Entwicklungen um sich herum ertragen zu können, seinen Gleichmut zu bewahren, hatte Anton folgendes für sich umgesetzt: Er lebte nur für den Tag. Der größte Teil seines Lebens, seine Vergangenheit lag hinter ihm. Was die Zukunft für ihn brachte wusste nur Gott allein. Es zählte jetzt nur noch jeder einzelne Tag, jeder kleine Moment. Den versuchte er so gut er konnte zu formen und zu leben. Den heutigen Tag, den konnte und wollte er so gut machen, wie es in seinen Kräften stand. Auch versuchte er im Einklang mit sich selbst zu bleiben. Dies gelang ihm besonders gut, wenn er allein durch die Wälder und Berge wanderte. In dieser Zeit musste er sich auf seinen Weg konzentrieren. Vor Beginn einer ausgiebigen Wanderung, war er oft noch in Gedanken darüber versunken, ob er auch nichts vergessen habe, alle Ware und alle Materialien eingepackt seien. Doch mit jedem Schritt voran, weg vom Vielklang der Stadt, den letzten Ratschlägen der Holzfabrikarbeiter und Bitten einzelner Kunden, ließ auch seine Anspannung nach. Hier, in der Natur, war er wieder ganz bei sich.

Anton beobachtete, dass er von vielen seiner Mitmenschen nun fast ehrfurchtsvoll behandelt wurde. Sie gewährten ihm mehr Aufmerksamkeit als in seinen jüngeren Lebensjahren, waren rücksichtsvoller. Vielleicht war er jetzt für die Bergmenschen auch ein besonderes Vorbild geworden. Nach wie vor ging er seinen Tätigkeiten nach, brachte die Holzware ins Umland, sogar noch bis München. Nur in die Schweiz wanderte er jetzt nicht mehr. Dieser Weg war ihm zu weit und zu anstrengend geworden.

Die meisten Dorfbewohner in seinem Alter hatten sich in ihre Wohnstuben und Kammern zurückgezogen, wurden von den Angehörigen betreut. Viele waren auch der Krankheit des Vergessens anheimgefallen, wussten gar nicht mehr, wo sie waren. Wie war Anton froh, dass er diese Krankheit nicht hatte, er nahm es als Geschenk an.

Manchmal fing er doch zu grübeln an, dann, wenn er viel Zeit hatte, längere Pausen machte. Zu viel über Vergangenes zu sinnieren, tat ihm nicht gut. Er konnte es nicht mehr ändern. Er durfte aufkommenden Fragen und Zweifeln keinen zu großen Raum geben. Diese machte ihn nur bedrückt und traurig. Ab und zu wurde er als Zeitzeuge auf verstorbene Mitmenschen angesprochen. Ob er noch diesen oder jenen Bewohner kannte, sich an die Festivitäten erinnern könne, bei der die Brauereipferde durchgegangen seien…? Viele Erinnerungen taten weh. Er wollte sie einfach nicht zu sehr an sich heranlassen. Anzunehmen was ist, das war sein Versuch mit der Realität klarzukommen. Er konnte den Lauf der Geschichte, das Schicksal kaum ändern, vielleicht an manchen entscheidenden Stellschrauben drehen. Doch im Großen und Ganzen musste er den Fluss des Lebens fließen lassen. Er musste für sich leben, in seiner eigenen Welt und sich geistig unabhängig von seinen Mitmenschen halten. Diese zogen ihn sonst zu sehr in ihre Gedankenwelten hinein und damit herunter. Das war widersprüchlich, denn gleichzeitig mochte er die Menschen, die ihm begegneten. Er war freundlich zu ihnen, gab jedem ein gutes Wort mit. Dennoch blieb er ein Einzelgänger. Das gab ihm Energie und Kraft. So kam er besser über die Zeit.

Politische Wirren

So durchwanderte Anton ein Lebensjahr nach dem anderen. Die Welt um ihn herum veränderte sich ständig. Es gab Unruhen, Aufstände, Revolutionen und Krieg. Dennoch versuchte Anton seine täglichen Abläufe, seine Routinen beizubehalten, so gut er es vermochte. Ganz ausblenden konnte er wichtige Ereignisse nicht, denn viele politische Auswirkungen trafen auch die Menschen in Berchtesgaden. Die Alpenbewohner waren den Kräften der jeweiligen Großmächte ausgeliefert.

Bis 1803 war Berchtesgaden und das Berchtesgadener Land ein unabhängiges Fürstentum gewesen, danach ging es an Österreich über. Doch dann gab es wieder einen Machtwechsel, einen neuen Herrn. So war in Frankreich ein gewisser Napoleon mächtig geworden und hatte durch erfolgreiche Feldzüge große Teile von Europa unter seiner Kontrolle gebracht, Jahr für Jahr wurde der Feldherr aus Korsika stärker. Sogar König von Italien wurde er.1809, als Anton im 105. Lebensjahr war, stand Berchtesgaden unter französischem Protektorat. Doch schon bald, ab 1810, wendete sich die Geschichte und Berchtesgaden fiel an Bayern. Die hohen Herren spielten mit den Ländereien wie mit Spielbällen; die Menschen litten, doch meistens passten sie sich den jeweiligen Verhältnissen an. Dabei ging es den politischen Mächten auch um den großen Schatz, den die Berchtesgadener hatten: das wertvolle Salz aus dem Bergwerk.

Die Holzwaren Zunft hatte in Antons Kindheit zunächst an Bedeutung verloren. Ein Teil der protestantischen Mitglieder war aus Glaubensgründen 1732/1733 Richtung Nürnberg ausgewandert, wo sie bessere Lebensbedingungen fanden. Es waren über 1000 Menschen gewesen, die Berchtesgaden im Zuge der „Gegenreformation" verließen.

In Antons Kindertagen waren weit über hundert Schachtelmacher Mitglieder der Zunft, viele waren protestantischen Glaubens. Die katholische Bevölkerung, die in der Mehrheit war, stellte den „falschen" Glauben in Frage, evangelische Angehörige wurden verfolgt, an den Pranger gestellt. Aus diesem Grund machten sich viele Schnitzer und Drechsler unter Verlust von Hab und Gut, auf den Weg Richtung Nürnberg, wo sie gute Aufnahme beim Landesherrn fanden. Nach und nach wurde daher Nürnberg sicheres Ziel der Auswanderer und über die Grenzen hinaus als Spielzeugstadt weltbekannt.

Die letzten Jahre

Anton hatte unter vielen weltlichen Herrschern gelebt, doch König Max Joseph wurde ihm dann der Liebste. Dieser befreite ihn in den letzten Jahren von der Notwendigkeit der täglichen Arbeit. Zeit seines Lebens hatte Anton Freude an seiner Tätigkeit und Leidenschaft für seine Aufgaben. Doch nun, im greisenhaften Alter von weit über hundert Jahren, spürte er Not. Er wollte niemandem zu Last fallen, so hatte er immer weiter gemacht. Allmählich fehlte ihm aber die Kraft für die schwere Kraxe. Dann kam der Tag der großen Wende.

Was für eine Fügung, dass er dem König vorgestellt wurde und ihm seine Lage schildern durfte! Der Monarch schenkte ihm sogar einige Taler aus seiner Schatulle, damit er seine größte Not umgehend lindern konnte. Doch nicht nur das, er versprach ihm Nahrung, Kleidung und Pflege für die letzten Jahre seines Lebens. Dazu machte er ihn noch zu einem Apostel, der bei seiner jährlichen Fußwaschung in München dabei sein durfte. Diese Ehre wurde nur den ältesten und würdigsten Bürgern in seinem Reich zuteil. Dieser einfache Mann aus dem Volke schien dem König als ein würdiger Teilnehmer. Anton selber war einfach nur überwältigt von der Großzügigkeit seines Landesherrn. Dass das Schicksal ihm, dem armen Anton, ein so großes Geschenk bereithielt, dies hätte er nie zu hoffen gewagt!

Gleich nachdem ihm der Monarch seine Aufmerksamkeit geschenkt hatte, änderte sich Antons Leben. Seine Mitmenschen unterstützten ihn stärker, war er jetzt doch eine bedeutende Persönlichkeit in Berchtesgaden! Gleich am Abend, nach der feierlichen Soleeröffnung, war der Bürgermeister persönlich bei ihm zu Hause erschienen. Das Stadtoberhaupt sicherte ihm erste Unterstützungen zu, ja, er lud ihn sogar zum Abendessen zu sich nach Hause ein. Innerhalb der nächsten Wochen wandelte sich Antons Leben mehr und mehr.

Vor dem Besuch des Königs wurde ihm aufgrund des Alters schon ein gewisser Respekt entgegengebracht. Allerdings musste er auch manchmal beobachten, dass man ihm hinter vorgehaltener Hand vorwarf, einen Pakt mit dem Teufel eingegangen zu sein. So alt konnte doch kein Mensch werden! Die einfachen Leute meinten, dies sei mit normalen Mitteln nicht möglich. Diese Schwätzereien waren kleine, unangenehme Nadelstiche gewesen, doch die meisten Bergbewohner dachten gut von ihm.

Das Ehepaar Zechmeister wurde engagiert, das sich von nun an bis zum Lebensende um das Wohlergehen von Anton zu kümmern hatte. Herr Zechmeister übernahm sogleich alle Arbeiten rund ums Haus und versorgte auch Antons kleinen Bauerngarten, Frau

Zechmeister kümmerte sich ab sofort um die Zubereitung seiner Mahlzeiten und führte den Haushalt. Sie waren wirklich eine starke Unterstützung! Bald fühlte Anton sich nicht mehr so hilflos und schwach. Im Gegenteil: Da nun der Druck von ihm gewichen war, selber für seinen Lebensunterhalt sorgen zu müssen, erhielt er weitere innere Energie. Mit Hilfe der guten Pflege und den gekochten Speisen wurde er wieder kräftiger und vitaler. Er war entschlossen, auf jeden Fall noch einige Besuche beim König in München erleben zu wollen. Wo doch nun das Beste zum Ende seines Lebens kam, war es einfach noch nicht Zeit für die Ewigkeit. Das Leben war zu schön!

Schon am nächsten Gründonnerstag nahm er das erste Mal an der feierlichen Fußwaschung teil. Das Ereignis fand in der königlichen Residenz in München statt. Anton war über die Einladung sehr glücklich und dankbar. Rechtzeitig wurde er einige

Tage vor dem großen Ereignis von Männern des Königs abgeholt und in einer kleinen Kutsche nach München gefahren. Wie genoss er die Zuwendung, die ihm zuteil wurde! In München angekommen, ließ er sich's nicht nehmen, sich einmal gründlich umzuschauen. Die Stadt mit ihren Prachtbauten und den emsigen Menschen war spannend für ihn. Auch mit 112 Jahren war Anton so rüstig, sich zu Fuß die Stadt zu erwandern. Die Münchner drehten sich oft nach ihm um, denn er war mit seiner Munterkeit in diesem greisen Alter eine beeindruckende Erscheinung. Nach wie vor lief Anton ohne einen Stock.

Alles war so fein und prunkvoll! Anton war noch nie in seinem Leben von einem derartigen Luxus umgeben. Diener des Hofes kümmerten sich um ihn und er wurde mit größter Ehrerbietung behandelt. Am Tag zuvor war er sogar noch im Hoftheater gewesen. Das erste Mal in seinem Leben betrat er ein Theater. Der goldene Glanz der Lüster, der schwere blaue Samt des Theatervorhanges, das Gold der Tapetenwände waren für ihn kaum begreifbar. Es kam ihm alles wie ein wunderbarer Traum vor.

Später, bei der feierlichen Zeremonie, wusch der König selber den zwölf würdigen Männern, die jetzt die Rolle der Apostel übernahmen, die Füße. Diese Geste sollte zeigen, dass der König sich als Diener seines Volkes sah.

Noch dreimal nahm Anton in München an den sich alljährlich wiederholenden Fußwaschungen teil. Noch 1820, also im Alter von 115 Jahren, stieg er die Stufen der Türme der Frauenkirche bis nach oben. Doch die letzten zwei Jahre seines Lebens wurde er ruhiger und verzichtete auf die Teilnahme an der alljährlichen Fußwaschung.

Dann im Jahre 1822, im Februar, spürte er eine Schwäche in sich. Zwar ging er noch regelmäßig zur Kirche, doch als er Ende des Monats nach dem Gottesdienst nach Hause lief, wurde er so schwach, dass er hinfiel. Die umherstehenden Menschen halfen ihm sofort, holten einen Stuhl zum Ausruhen. Dann brachten sie ihn nach Hause, ihren freundlichen und liebenswürdigen Mitbürger.

Anton wurde zu Hause gut betreut, drei Wochen lag er friedlich im Bett. Viele Erinnerungen stiegen in ihm hoch. Sein Leben war so lang gewesen. Schwer und schön zugleich. Alle vertrauten Menschen waren so nach und nach gegangen. Er hatte sie kommen und musste sie gehen sehen.

Eigentlich war ihm nur noch Anton geblieben; sein Urenkel, der ihm recht ähnlich sah. Ein stattlicher junger Mann war er geworden, mit einem freundlichen Wesen. Der junge Anton besuchte ihn täglich.

Am 15. März 1822 schloss Anton für immer die Augen. Er war 117 Jahre alt geworden.

Die Nachricht seines Todes verbreitete sich in Windeseile über alle Berge und Täler hinweg. Zu seiner Beerdigung kamen viele hundert Menschen.

Inhaltsverzeichnis

© 2022, Rosa Cronach
Herstellung und Verlag:
BoD – Books on Demand, Norderstedt
ISBN: 9783756229451